Martin Page est né en 1975. Son premier roman, *Comment je suis devenu stupide*, est publié en 2001. Suivront, au Dilettante, *La Libellule de ses huit ans* et *On s'habitue aux fins du monde*. Aux éditions Ramsay : *De la pluie*. Aux éditions de l'Olivier : *Peut-être une histoire d'amour* et *La Mauvaise Habitude d'être soi* (avec Quentin Faucompré). Il écrit également pour la jeunesse. Avec Thomas B. Reverdy, il a édité *Collection irraisonnée de préfaces à des livres fétiches* aux éditions Intervalles.

Martin Page

LA DISPARITION DE PARIS ET SA RENAISSANCE EN AFRIQUE

ROMAN

Éditions de l'Olivier

TEXTE INTÉGRAL

ISBN 978-2-7578-2164-0
(ISBN 978-2-87929-703-3, 1re publication)

Ce roman est dédié à la mémoire de mon père.

« Il n'y a pas de passé vers lequel il soit permis de porter ses regrets, il n'y a qu'une éternelle nouveauté qui se forme des éléments grandis du passé ; et la vraie nostalgie doit être toujours créatrice, produire à tout instant une nouveauté meilleure. »

Goethe, *Entretiens avec le chancelier von Müller*, 4 novembre 1823

Un mercredi soir de la mi-décembre, boulevard Barbès, sous les arbres décorés des guirlandes électriques de Noël, une matraque a rencontré un crâne. La matraque appartenait à un policier, le crâne était celui d'une femme d'une soixantaine d'années.

La femme s'est écroulée sur le trottoir, du sang s'est répandu sur le bitume et sur les prospectus pullulants de la saison des fêtes. La foule de ce quartier multiethnique s'est écartée comme un seul corps. La respiration des témoins dans la nuit glacée formait un halo brumeux autour de la scène.

Les urgences sont arrivées sept minutes plus tard. L'ambulance a pris la route de l'hôpital Lariboisière, ses sirènes hurlantes repoussant les véhicules et les piétons engagés sur les passages cloutés. Alors qu'elle empruntait le boulevard de la Chapelle, un appel a dérouté sa course vers l'hôpital militaire du Val-de-Grâce.

L'intervention chirurgicale a duré quatre heures. La

patiente semblait ne pas avoir de séquelles. Par mesure de précaution, elle resterait en observation quelques jours.

Ce drame a fait grand bruit, car la victime était la dirigeante d'un important conglomérat africain (banques et assurances, communication, entreprises d'informatique et télécoms) en visite à Paris. Elle s'appelait Fata Okoumi. On a dit, on a écrit, qu'elle avait plus de pouvoir qu'un chef d'État.

Le policier, un jeune homme de vingt-deux ans, a été placé en garde à vue. Il a affirmé avoir été dans l'obligation d'user de la force en raison de l'attitude contestataire de la vieille femme qui refusait de présenter ses papiers.

Nous savons aujourd'hui que ce coup a donné lieu à de grands bouleversements. Des bouleversements auxquels je n'ai pas été étranger.

Il faut que quelque chose se brise, un cœur, un mur, un crâne, pour qu'une histoire commence.

J'ai tout juste quarante ans et la grande nouveauté de ma vie est que je commence à prendre un peu d'embonpoint. Les déjeuners dans les restaurants et les brasseries de la rue du Temple et de la rue des Archives n'y sont pas pour rien. Conséquence : mes pantalons marquent ma peau au niveau de la ceinture, ils me compriment le ventre à tel point que je suis obligé d'en défaire le bouton. Jusque très récemment je pouvais manger et boire tout ce que je voulais sans que mon corps change ; j'en étais étonné, parfois effrayé (mon médecin me rassurait et m'enviait – lui-même gonflait d'année en année, son cou s'épaississait, ses bras et ses jambes gagnaient en rondeur), mais cette époque est révolue. J'ai un temps regretté mon corps mince et sec comme le dernier signe de ma jeunesse. Finalement, l'apparition de ces kilos me procure une certaine satisfaction : j'y vois la promesse et l'amorce de transformations plus importantes.

J'avais donné mes pantalons au petit tailleur du quartier, samedi après-midi (je n'avais pas l'intention de sortir le soir ni le lendemain, quelques comédies italiennes et des romans m'attendaient, il me restait suffisamment de provisions pour tenir jusqu'à lundi), tandis que, dans la boutique, un match passait à la télé posée en hauteur sur une étagère débordante de tissus (taffetas, velours, soie, coton, crêpe). Il s'appelle Valdo. Je ne sais pas d'où il vient, les nationalités ne m'intéressent pas. Il pourrait être grec, croate, albanais, turc, arménien, israélien ou syrien. Je crois qu'il m'aime bien parce que justement je ne lui pose pas de question sur le pays qui l'a vu naître ; je ne le prends pas pour un spécimen exotique. Sa nationalité, c'est avant tout son métier. Il a les cheveux bruns et longs jusqu'aux coudes, de grosses lunettes à monture marron et un cigare pas allumé au coin gauche de la bouche. Son échoppe est établie près de la boulangerie et du salon de coiffure de la place de la Commune, au cœur de la Butte-aux-Cailles dans le XIIIe arrondissement. Il m'avait promis qu'il aurait terminé d'élargir mes pantalons pour ce lundi matin huit heures, c'est-à-dire une demi-heure avant mon départ pour l'Hôtel de Ville.

Le calendrier ne serait pas respecté. Valdo m'a appelé alors que, en pyjama dans mon fauteuil, je prenais mon thé : la fête pour le mariage de son fils avait duré tout le week-end, il n'avait pas eu un instant à lui, les pantalons seraient prêts le lendemain. Un jour de retard, ce n'est pas bien grave. Mais je ne fais pas les choses à moitié : je lui avais donné tous mes pantalons. Je n'avais pas prévu de marge de sécurité, de pantalon d'urgence, au cas où. Je suis resté à observer mon thé comme j'aurais regardé le ciel. L'eau avait une belle teinte verte translucide et changeante. J'aurais pu appeler le bureau et dire que je ne venais pas travailler. Cette absence de pantalon était un accident domestique. Mon bienveillant médecin m'aurait fait un certificat médical.

Mon immeuble en brique rouge a seulement quatre étages, ce qui est courant à la Butte-aux-Cailles. Les habitations ne sont pas hautes et cela concourt à créer cette atmosphère de village si appréciée. J'ai emménagé il y a un an, et pendant longtemps j'ai guetté le prétexte idéal pour parler à mes voisins et me présenter à eux, un cambriolage, un dégât des eaux ou une invasion de souris. En vain. Ce problème de pantalon était le moyen de faire enfin leur connaissance.

J'ai fermé le bouton du col de mon pyjama, entouré mon cou d'une écharpe à carreaux (la fenêtre du couloir du deuxième étage est cassée) et je suis allé sonner aux portes. Ma seule arrivée n'avait pas constitué un événement suffisamment digne d'intérêt. J'avais à présent une histoire à raconter en guise d'introduction.

Malheureusement nous étions lundi matin. Mes voisins étaient déjà partis travailler et, avant d'arriver au rez-de-chaussée, seule une femme enrhumée m'avait ouvert. Nous

nous étions présentés, mais, évidemment, elle ne pouvait me dépanner. J'ai sonné au dernier appartement du rez-de-chaussée. J'ai entendu des pas traîner sur le plancher. Un corps s'est plaqué contre la porte et a regardé dans le judas. Un courant d'air froid a envahi le couloir et m'a saisi les jambes. Enfin la porte s'est ouverte sur un homme âgé. Ses cheveux blancs dessinaient une couronne autour de son crâne ovale et lisse, ses sourcils étaient broussailleux. Je me suis présenté, mais il n'a rien répondu à mon « Bonjour, je m'appelle Mathias Gadara ». Je lui ai expliqué ma situation. Il n'a pas souri, même pas de ce sourire que l'on accorde pour dissiper la gêne. En regardant son appartement qui s'ouvrait sur un grand salon, j'ai compris que les convenances et le regard des autres lui importaient peu : des vêtements traînaient par terre, des bols et des verres, des assiettes sales. Il ne m'a pas proposé d'entrer, et c'était raisonnable : je n'aurais pu faire un pas sans marcher sur quelque chose. Cet appartement me rappelait mon studio d'étudiant, mais qui aurait grandi et grossi pour atteindre une taille respectable. Journaux et livres formaient comme des tours sur le point de s'écrouler.

Le vieil homme a traversé le salon et a disparu dans une pièce. J'ai reconnu le bruit d'un placard, de cintres suspendus à une tige d'acier et se cognant les uns aux autres. Il est revenu avec une housse jaunie qu'il m'a tendue. Le plastique était légèrement collant.

«Vous pouvez garder le pantalon», m'a-t-il dit.

J'ai protesté, il a levé la main, je l'ai remercié, il a fermé la porte.

Une fois remonté chez moi, j'ai ouvert la housse. C'était un pantalon noir, si noir qu'il semblait n'avoir jamais été porté, jamais été lavé. Un pantalon de cérémonie, épais et raide, qui dégageait une odeur ancienne, de parfum ayant fermenté. Il m'allait à la perfection.

J'avais raté le bus 67 de huit heures trente, il était encore temps d'attraper celui de cinquante-huit. L'automne n'en avait plus que pour deux jours, l'air frais était vivifiant. Je pressais le pas; mon nouveau pantalon frottait contre mes cuisses, la doublure était douce comme de la soie.

L'Hôtel de Ville se trouve face à l'île de la Cité et ressemble lui-même à une île. Une île rectangulaire et haute, sur les falaises de laquelle cent sept statues montent la garde. Au-dessus de l'horloge, une femme veille sur le peuple de Paris. Il est touchant que des hommes aient fait le choix d'une telle figure ; j'y vois l'aveu d'une fragilité.

Je suis chargé de mission auprès du cabinet du maire (plus précisément auprès de son porte-parole). J'écris des notes pour le maire, les adjoints, et quelques conseillers municipaux. Il s'agit de décrire et de commenter le quotidien d'une capitale. J'ai une certaine marge de manœuvre stylistique, mais, bien entendu, je ne décide pas des sujets ; on me dit qu'il y a un papier à écrire sur l'exposition Leonard de Vinci, sur la réfection de la rue Doudeauville ou sur les nouvelles plantations de rosiers au Jardin des Plantes. Mes notes, mes plans, mes ébauches sont ensuite utilisés par les adjoints, les conseillers, le porte-parole et le maire lui-même. Je partage un vaste bureau au troisième étage avec deux collègues. Dernièrement, une plaque à nos noms a été vissée sur la porte.

C'est un travail avec lequel il fait bon vivre. J'aime écrire sur des inaugurations de crèches, des travaux de voirie, la lutte contre le phytopte fusiforme des érables du parc Montsouris. Il me semble que la réalité réside dans ce quotidien sans éclat. Il faudrait avoir l'ambition et la passion d'accomplir des révolutions minuscules : il n'y a pas de grandes ou de petites choses, il n'y a que de grandes ou petites façons de les considérer. Je ne me plains d'aucune tâche, je suis toujours disponible pour rencontrer les policiers de la brigade fluviale ou les sans-papiers de la rue de la Banque. Mes collègues (Rose et Édouard), les secrétaires, nos supérieurs trouvent que je suis gentil. Cela ne va pas sans une certaine condescendance. Je suis incompréhensible pour ces gens : j'ai quarante ans et pas d'autre ambition que de laisser ma carrière faire du sur-place, ce qui, paradoxalement, demande beaucoup de volonté.

Tout le troisième étage sent le café, le café allongé qui brûle dans la cafetière commune à tous les bureaux, les risibles espressos en capsule, le cappuccino et surtout le café réunionnais qu'affectionne Rose, ma collègue si jeune et déjà au courant de la manière dont marche le monde (qui sont les gens importants, comment se faire remarquer d'eux, quel bar fréquenter après le travail). Édouard et elle

17

iront loin, c'est ce qui se dit. Je ne sais pas où est localisé ce « loin », je ne sais pas ce qu'on y trouve, je sais seulement que ce n'est pas un endroit pour moi.

Je suis le seul dans le cabinet du maire (et un des rares à l'Hôtel de Ville) à ne pas avoir mené d'études universitaires très poussées. J'ai ce sentiment d'infériorité (ainsi qu'une certaine arrogance) de l'autodidacte, de l'*uomo senza lettere*, qui me pousse à lire sans cesse, à m'informer, à comprendre. Chaque mission est prétexte à engranger des connaissances, je m'approprie tout ce que je lis, tout ce que j'entends. Rose et Édouard sont brillants et efficaces, ils ont la technique et la culture pour écrire sur n'importe quel sujet. Leur capacité de travail est impressionnante. Comparés à eux, je suis un mineur de fond, je suis lent et besogneux. Et si je considère qu'ils manquent de personnalité, j'ai une admiration certaine pour leurs qualités professionnelles.

Notre bureau est assez grand pour nos trois espaces de travail. Une fenêtre, avec une poignée en porcelaine peinte de fleurs bleues, donne sur la Seine. Nos rapports sont familiers, après tout nous partageons une même virtuosité d'écriture (sans reconnaissance publique, comme de sages petits fantômes) employée au quotidien de la gestion d'une capitale.

Mes collègues m'ont souri et, en chœur, m'ont salué avec chaleur, « Mathias ! » Un tel accueil était suspect.

Édouard m'a tendu une tasse de café, Rose un papier

vert pâle, c'est-à-dire une note du maire. Avant même que je n'aie trempé mes lèvres dans le café et lu la note, ils m'avaient mis au courant. Fata Okoumi s'était réveillée de l'opération jeudi (j'avais lu un article sur le sujet dans le bus ce matin), le maire avait été la première figure publique à lui rendre visite. Il lui avait proposé de rencontrer une de ses plumes pour préparer l'allocution qu'il ferait sur le parvis de l'Hôtel de Ville. Fata Okoumi avait accepté, elle se joindrait à lui et dirait quelques mots.

Mon retard avait permis à Rose et Édouard de s'écarter d'une mission délicate. J'étais le dernier arrivé, ainsi, suivant notre règle non écrite (mais imparable), mes jeunes collègues avaient choisi des missions moins hasardeuses et plus gratifiantes (le maire de Shanghai venait à la fin de la semaine et les élections approchaient). Normalement quelqu'un de l'importance de Fata Okoumi relève d'un niveau hiérarchique plus élevé que le mien. Mais le porte-parole du maire était en congé maladie à cause d'une grippe tenace et il ne reviendrait pas avant une bonne semaine.

Je ne crois pas que ma rencontre avec Fata Okoumi soit le fruit du hasard. Par nombre de traits de caractère, de choix et de positions, je me place hors du cours normal des choses. Ce qui s'est produit lors de la semaine suivante procède donc d'une certaine logique.

Au contraire des églises, les hôpitaux modernes sont universellement laids. Est-ce pour décourager les gens de tomber malades ? Je ne pense pas. C'est plutôt pour les punir. La laideur des hôpitaux est un progrès comparé à la beauté des églises, c'est l'aboutissement d'un processus de culpabilisation. Si vous vous retrouvez dans ces murs aux couleurs mornes, c'est que vous avez péché, trop bu, trop fumé, trop mangé. Si vous ne vous êtes adonné à aucun de ces vices, alors on ne peut vous faire qu'un seul reproche : vous avez vécu. On ne vous le pardonnera pas ; l'indifférence des employés et la sécheresse des médecins vous le montrent bien.

Je suis parti directement de l'Hôtel de Ville pour me rendre à l'hôpital du Val-de-Grâce. Il y a une trentaine de minutes de marche, la promenade est agréable, Notre-Dame, la Seine, la rue Saint-Jacques derrière la Sorbonne (je me suis promis de prendre un café au Polly Magoo sur le chemin du retour, j'aime ses mosaïques et ses joueurs d'échecs).

Le public d'une conférence au Collège de France attendait l'ouverture des portes. Ce matin, le froid était devenu glacial. Mon bonnet descendait jusqu'à mes oreilles et mon écharpe remontait sur mon nez. D'énormes nuages gris foncé recouvraient le ciel.

Le Val-de-Grâce étant un hôpital militaire, ce sont des soldats qui contrôlent les entrées ; ils ont un pistolet à la ceinture et des rangers. Passé le moment de surprise, je me suis dit que cet habillage martial n'était pas dénué de sens dans un hôpital. Un jeune militaire a regardé si mon nom était sur la liste des personnes autorisées à voir Fata Okoumi. Il m'a demandé une pièce d'identité. Je me suis toujours servi de mon passeport comme pièce d'identité, cela exotise les contrôles. Le militaire a relevé le film plastique qui protégeait la liste et a tracé une croix au crayon devant mon nom ; il m'a remis un badge marqué d'un grand V rouge.

Le site du Val-de-Grâce est vaste, s'y trouvent des bâtiments datant du milieu du dix-septième siècle (sans fonction hospitalière), d'autres plus modernes, une chapelle où un organiste donne des concerts. L'hôpital est une ville : il y a plusieurs places entourées d'édifices, des squares, des feux de signalisation, des étendues de pelouse. Des pierres meulières affleurent à la surface des bâtiments d'enceinte mais la plupart des murs sont couverts d'un crépi blanc.

Fata Okoumi était dans le bâtiment Y. Il m'a fallu cinq bonnes minutes de marche pour l'atteindre. J'ai repéré trois gardes du corps en faction, près de l'entrée et un peu à l'écart. Les siens à n'en pas douter. Ils n'avaient pas pu assurer sa sécurité quelques jours plus tôt (Fata Okoumi leur ayant demandé de se tenir à distance, ils étaient arrivés sur les lieux du drame en même temps que l'ambulance), et devaient donc être particulièrement sur les nerfs.

J'ai l'habitude des gardes du corps. Ils sont les compagnons des ministres, des dignitaires étrangers, de n'importe quel personnage public qui craint (ou feint de craindre, car avoir un garde du corps fait gagner en prestige) pour sa sécurité. Malgré cela, j'ai accéléré le pas. Dans ce contexte hospitalier, ils avaient quelque chose d'inquiétant. Ils m'ont suivi du regard jusqu'à ce que je pénètre dans le bâtiment. Dans le hall d'entrée, un tableau recensait les spécialités médicales (je pense à ce mot « spécialités » qui rappelle les spécialités culinaires ; c'est ainsi, les médecins nous cuisinent, nous découpent, nous assaisonnent d'épices), et les localisaient dans les étages et les ailes. J'ai compté : il y en avait vingt-deux au total. Cela m'a impressionné. Disséminé sur ces trois hectares, le corps humain m'a paru vaste. Qu'il nécessite tellement de monde et ait la capacité d'accueillir en lui autant de maladies m'a rendu fier. On était bien loin de la conscience étriquée que l'on en a au quotidien.

J'ai pris l'ascenseur jusqu'au troisième étage. En sortant je suis tombé sur un bureau placé en travers du couloir. Un jeune homme aux cheveux ras a levé les yeux sur moi. Je lui ai montré le badge. Il m'a demandé une pièce d'identité et a noté mon nom sur le cahier posé devant lui.

L'hôpital du Val-de-Grâce a longtemps été exclusivement réservé aux militaires, aujourd'hui il accueille des civils ; mais il conserve une spécificité : au sein de chaque service, des chambres sont réservées aux hommes politiques français et aux chefs d'État étrangers. Quand une personnalité est hospitalisée, des chambres sont mises à disposition de son service de sécurité ; toutes les informations médicales et personnelles sont placées sous le sceau du secret-défense. Voilà qui donne une idée de la stature de Fata Okoumi.

Je me suis avancé jusqu'à la porte. Grande, blanche (si blanche qu'elle semblait avoir été repeinte depuis l'arrivée de Fata Okoumi), sans vitre et sans poignée (pour éviter les risques d'infections nosocomiales, la porte s'ouvre quand on passe la main devant un détecteur infrarouge). Un homme se tenait devant, les mains gantées de cuir. Il était de taille moyenne, ses cheveux formaient une mousse crépue et arrondie. Il a regardé mon badge et m'a demandé une pièce d'identité. Alors qu'il observait mon passeport, il a ouvert la bouche et a parlé dans une langue que je n'ai pas comprise. J'allais pour l'interrompre, quand j'ai remarqué le fil d'une oreillette qui descendait le long de son cou et un bouton sur le col de sa chemise qui devait être un micro. Si je ne connaissais pas cette langue africaine, néanmoins j'ai reconnu mon nom. La voix dans l'oreillette lui a répondu, il a hoché la tête. Tout allait bien. Pourtant il ne m'a pas rendu mon passeport : il l'a rangé dans la poche intérieure de sa veste comme s'il lui appartenait. Il m'a informé, en un très bon français, que Fata Okoumi me recevrait le lendemain, mardi. Un appel téléphonique me préviendrait de l'heure.

J'ai l'habitude des rendez-vous reportés, je ne suis qu'un majordome, on se permet souvent ce genre de chose avec moi. Quand j'ai cherché à récupérer mon passeport, son visage s'est fermé. Pour une raison que j'ignore, et qu'il ne se donnerait pas la peine de m'expliquer, il ne me le rendrait pas. Peut-être comptait-il pousser plus loin les vérifications sur mon compte. Comme il n'est pas possible de discuter avec un homme qui garde une porte, je suis parti.

Une lumière aveuglante tombait du ciel gris. J'ai mis mes lunettes de soleil. Je me suis rendu au Salon, restaurant cosy installé au-dessus du cinéma le Panthéon-Sorbonne. Je trouve toujours un moyen d'éviter de déjeuner avec mes collègues, un travail à terminer, des appels à passer, un rendez-vous qui se prolonge. Rose et Édouard me sont utiles : ils me rappellent ce que je ne veux pas être. Je leur en suis infiniment reconnaissant, mais je me passe très bien de leur présence.

Il n'était pas encore midi. Trop tôt donc pour déjeuner.

En attendant j'ai commandé un grand café. J'ai regardé comme un lointain souvenir les étudiantes et les jolies touristes discutant autour d'un thé. Le serveur est enfin venu me présenter la carte. Avec l'idée d'entretenir mon début d'embonpoint, j'ai commandé un magret de canard et des pommes de terre à l'ail.

La vie est une question de millimètres, ai-je songé. Du spermatozoïde aux métastases, la vie, notre vie, dépend de réalités infinitésimales. Si le policier avait frappé légèrement à droite, Fata Okoumi n'aurait eu qu'une bosse sur le crâne ; un peu à gauche, elle serait morte. Quant à moi, si je n'avais pas gagné ces quelques millimètres de graisse, je n'aurais pas eu besoin de faire élargir mes pantalons, je ne serais pas arrivé en retard à l'Hôtel de Ville, et j'aurais eu une chance sur trois de ne pas être envoyé à la rencontre de Fata Okoumi.

Le travail est un des modes de la conjugalité. On sait bien que «le couple, c'est du travail», mais on oublie qu'il y a de l'amour dans nos emplois et nos fonctions. Nous épousons notre métier. La plupart du temps nous bénéficions de cette routine apaisante qui fait disparaître l'individualité des jours, mais parfois il y a des scènes de ménage et des tensions.

Dès que je suis entré dans le bureau, Édouard et Rose, chers jeunes gens aseptisés, m'ont fait remarquer que mon haleine sentait l'ail. En pestant intérieurement contre ma soumission envers ces collègues de dix ans mes cadets, je suis allé aux toilettes au bout du couloir. Alors que je me brossais les dents, je me suis trouvé l'air ridicule, mes gencives roses, ma bouche débordant de mousse. J'ai fermé le robinet qui coulait inutilement. Le dentifrice à la myrrhe était amer, je l'avais choisi pour cette raison, je n'aime pas les dentifrices classiques; un produit censé prévenir l'apparition des caries ne doit pas avoir un goût de bonbon mentholé, c'est une aberration. L'amertume emportait le parfum de l'ail. Je me suis rincé la bouche. J'ai mis la main en creux devant mes lèvres et soufflé. Ça allait.

Le cas « Fata Okoumi » me changeait de mon travail habituel. J'étais anxieux à l'idée d'avoir à subir la colère légitime de cette dame, mais j'étais tout aussi excité par cette mission atypique et importante. Je me demandais comment j'allais l'aborder. Je ne tenterais pas de minimiser l'affaire. Elle avait failli mourir. Si elle se montrait pleine de fureur, j'attendrais patiemment la fin de l'orage. Je serais à l'écoute et je prendrais des notes. D'ores et déjà, des ouvriers avaient commencé à monter la tribune en vue de l'allocution prochaine. Le froid était mordant, malgré cela le maire avait tenu à ce que cela se passe à l'extérieur, sur la place de l'Hôtel de Ville. Ce serait plus solennel. Ce qu'il avait à dire devait l'être au grand jour. Des radiateurs seraient installés sous le pupitre pour les deux orateurs, des chauffages verticaux au gaz seraient dressés parmi les spectateurs.

Avant de décider de l'orientation de son discours, le maire avait besoin de savoir quel était l'état d'esprit de Fata Okoumi. Cela n'avait pas été dit, mais je savais qu'en raison de l'importance économique de la victime, les répercussions risquaient d'être considérables. Le maire était sincère, pas angélique : il faudrait trouver un moyen de rendre justice à Fata Okoumi, mais il s'agissait aussi de redorer l'image de Paris. Le policier appartenait à la police nationale, la municipalité parisienne n'avait rien à se reprocher ; pourtant, dans le monde entier, c'était l'image de Paris qui était ternie.

Une note du cabinet du maire était posée au-dessus de l'incroyable bazar de mon bureau. J'ai déplié le papier vert pâle ; j'étais déchargé de tous mes travaux, mon unique tâche était de me consacrer à Fata Okoumi. Je me suis laissé tomber dans mon fauteuil, les bras sur les accoudoirs, le regard en direction de la fenêtre, de Notre-Dame. Le chauffage, comme d'habitude, était trop fort. Je me suis déchaussé.

Peu après mon arrivée à ce poste, j'avais récupéré un bureau en bois abandonné au sous-sol près de la chaufferie et, avec l'aide de deux employés des services généraux, je l'avais monté jusqu'ici. Plus petit que les bureaux habituels de l'Hôtel de Ville (choisis dans le catalogue d'un fabricant de meubles design), il est lourd, courtaud et solide. Et contrairement à ceux de mes collègues, anorexiques constructions d'aggloméré et de plastique, il ne se laissera pas facilement démonter et expulser. Je crois secrètement que cela empêchera quiconque de se débarrasser de moi. Je suis ancré ici. Mon bureau me sert principalement de débarras. S'y entassent livres, brochures politiques, invitations, un ordinateur et un cactus du Pérou (cadeau d'une ancienne amoureuse persuadée qu'il annihile les ondes supposément nocives émises par le matériel électronique).

J'ai remis de l'eau dans la cafetière. Rose a relevé la tête de son ordinateur et m'a invité à me servir dans son pot à café, et à remplir sa tasse. Édouard a posé la sienne sur le coin de son bureau tout en continuant à lire. J'ai servi mes collègues et je suis retourné m'asseoir. La première gorgée m'a légèrement brûlé la langue, mais ce n'était pas désagréable. C'était la boisson du travail, sa saveur mobilisait mes neurones.

Les journaux du jour, étalés sur la table commune, faisaient encore leur une sur l'affaire, l'illustrant par des photos de Fata Okoumi, en tailleur, sortant d'un avion, à une conférence de presse, serrant la main à des chefs d'État et à quelque chanteur irlandais. Depuis cinq jours, la presse titrait sur la bavure. Je ne m'y étais pas encore intéressé sérieusement. Un rapide survol m'a suffi pour voir que l'on avait décortiqué la vie de Fata Okoumi, et celle du policier (sa famille, ses années lycée, ses sorties, sa femme enceinte qui noue des rubans roses dans ses cheveux). Un plan du boulevard Barbès était dessiné, une croix indiquait l'endroit exact où avait eu lieu le drame. Des médecins avaient été interrogés, ainsi que le fabricant de la matraque (il a rectifié l'erreur générale : il s'agissait d'un tonfa). Les témoins avaient raconté la scène, et tous avaient affirmé que si Fata Okoumi avait refusé avec entêtement de donner ses papiers, néanmoins elle était restée calme et polie. Rien n'expliquait la rage du policier, rien ne justifiait le coup donné. Le ministre de l'Intérieur avait tenté de calmer les esprits en promettant une justice impartiale et implacable. Le président de la République s'était adressé à la télé.

Jamais crime policier n'avait suscité une telle réprobation. Le retentissement de l'acte apparemment raciste était à la mesure de l'importance de Fata Okoumi. Hommes politiques et journalistes étaient stupéfaits. Cela n'aurait pas dû avoir lieu. Les associations de lutte contre le racisme et les partis de gauche avaient organisé rassemblements et manifestations. Les organisations patronales et la droite n'avaient pas été en reste et s'y étaient joints ; Fata Okoumi était une des leurs.

La presse internationale n'avait pas été tendre. Des dossiers avaient été consacrés aux discriminations raciales, aux méthodes de la police française et à son impunité. L'affaire avait même été abordée à l'Assemblée des Nations unies. Des personnalités du monde entier avaient fait entendre leur indignation. Des manifestants avaient bloqué plusieurs de nos ambassades en Afrique. Une émeute avait eu lieu dans une cité de l'Essonne, des cars de CRS avaient été envoyés.

J'ai glissé les journaux sous une pile de papiers et de livres. Je ne voulais pas en savoir plus. Je n'allais pas faire de recherches sur Fata Okoumi. Je ne voulais pas découvrir le montant de sa fortune, son ascension, ses compromissions avec les politiques, les conséquences sociales et environnementales de la formation de son empire. Le temps de sa guérison, le temps de mon travail auprès d'elle, j'allais suspendre tout jugement. Chaque chose en son temps. Fata Okoumi était une victime. Je ne voulais pas que des faits viennent amoindrir son statut. Et puis, ne rien savoir me permettait de conserver une certaine tranquillité d'esprit : si j'apprenais quoi que ce soit, je risquerais d'être impressionné, de perdre mon sang-froid et de mal faire mon travail. Et mon travail seul m'importait.

Depuis douze ans que je l'exerçais, j'avais rencontré quantité de personnes. Des restaurateurs, des consommateurs de méthadone, des enseignants, des prostituées, des syndicalistes, des rabbins, la présidente d'une association d'usagers de la bicyclette. La liste était longue. J'avais du métier et des habitudes, un mode opératoire. J'allais me rendre dans la chambre d'hôpital de Fata Okoumi, et nous discuterions de manière à fournir au maire des éléments pour son allocution. Ce serait une rencontre informelle, secrète, j'étais un homme de l'ombre, on ignorerait ce qu'aurait été ma mission.

Cahier et stylo en main, je suis sorti du bureau pour me promener dans l'Hôtel de Ville. C'est un lieu étrange, que je suis loin d'avoir fini d'arpenter. La surface sans utilité professionnelle est supérieure à celle occupée par le personnel. Il y a de quoi traîner des heures dans les salles, les salons et les couloirs. Les caves et leur enchevêtrement de passages sont un monde de déambulations possibles. Je ne crois pas à l'influence du milieu extérieur (de la musique, du lieu, du temps) sur l'écriture. Lorsque je lis des entretiens d'artistes, je suis dubitatif quant au rôle que beaucoup accordent à leur environnement. Il ne faut jamais faire confiance à un artiste qui parle de son travail, car le discours sur la création est lui-même une création. Un écrivain (certes je suis une sorte d'écrivain mercenaire, mais je fais le pari que la manière ne diffère pas) a besoin de trois choses pour écrire : une feuille de papier, un stylo, son obsession. Quand j'écris, je suis concentré, le monde extérieur existe peu, c'est une palette secondaire. Ceci dit, je sais apprécier la sympathie d'un lieu à mon égard. Et l'Hôtel de Ville est un écrin formidable. Il y a quantité de salons de toutes tailles, la plupart du temps inoccupés, décorés de peintures, fournis en bibliothèques et œuvres d'art de toutes sortes.

J'ai déambulé tout l'après-midi dans les couloirs et les salles. J'ai fait halte à la bibliothèque des Conseillers. On y trouve essentiellement des ouvrages juridiques et administratifs, mais les livres de sciences humaines sont nombreux. Chaque nouvelle majorité colore les rayonnages de sa sensibilité politique. J'ai lu des passages de livres de W.E.B. Dubois et de Frantz Fanon, parcouru un roman de Dambudzo Marechera et un recueil de Césaire (naïvement – mais la naïveté peut se révéler un très bon point de départ – il me semblait que je devais m'imprégner de littérature africaine, comprise au sens large). Une des raisons de ma passion pour ce métier est que, très souvent, je suis confronté à des univers dont j'ignore tout. Comme je suis un bon petit soldat, je me documente, et j'aborde des questions qui ne m'auraient autrement pas effleuré (ces dernières semaines j'avais ainsi lu *Vie et Mœurs des abeilles*, *Les jeunes enfants et la crèche* et *L'Histoire des trottoirs à Paris*). Je ne connaissais rien à l'Afrique, et ma connaissance du racisme restait évidemment très abstraite. J'avais besoin, pour dire les choses brutalement, d'une mise à niveau.

Je me suis donc plongé dans les réflexions de Fanon sur les conséquences de la dévalorisation de l'image des Noirs, dans celles de Dubois sur l'action politique et l'éducation. Bientôt la table de la bibliothèque a été couverte de livres. Je me trouvais confronté à des questions inédites et c'était comme si mon univers commençait à subir une légère distorsion. Mes lectures étaient passionnantes, mais une certaine gêne est peu à peu née en moi. Dubois et Fanon étaient des hommes de gauche, et j'avais du mal à rapprocher Fata Okoumi de ces figures pour qui le combat contre le racisme s'inscrivait dans une lutte plus large contre les inégalités sociales. Ils ne se contentaient pas de condamner la ségrégation, ils affirmaient que le racisme était une création de l'économie libérale et de la religion pour diviser les travailleurs. Bien évidemment je ne pouvais rien écrire à ce sujet. Le maire ferait peut-être allusion à la politique sécuritaire du gouvernement, mais il était inimaginable qu'il interroge les racines mêmes du racisme. Un discours public après une tragédie est un exercice de style. Ce n'est pas le lieu pour une leçon d'histoire.

La position de Fata Okoumi ne devait pas être simple. Jamais elle n'aurait pu s'attendre à être victime d'une banale bavure. C'était comme un déclassement social, le genre de choses qui arrivent au bas peuple, pas aux membres du country club des entrepreneurs internationaux. Il faudrait sans doute ménager son orgueil. Tout promettait l'élaboration d'un discours superficiel, convenable et consensuel. C'était souvent le cas, en douze années de métier j'avais eu le temps de me faire une raison. Alors, comme d'habitude, ces lectures, ces recherches, je les ferais pour moi, et je garderais dans un tiroir de mon bureau mes phrases les plus fortes et les plus dérangeantes.

J'ai fini par trouver la citation idoine pour le maire, une phrase de Frantz Fanon : « Je me découvre un jour dans un monde où les choses font mal ; un monde où l'on me réclame de me battre ; un monde où il est toujours question d'anéantissement ou de victoire. » Elle venait d'un auteur incontestable, et elle restait assez générale pour ne choquer personne.

J'habite un parfum de tarte au gingembre. J'aime croire que la raison pour laquelle j'ai choisi mon appartement est que, le jour de la visite, alors que je montais l'escalier, j'ai senti une odeur de tarte au gingembre. Une de mes voisines, un de mes voisins, en prépare une le lundi vers dix-huit heures et le dimanche midi.

J'ai poussé la porte de l'immeuble, le sac en papier contenant les lasagnes chaudes contre ma poitrine. Une brume de gingembre, de beurre et de sucre mélangés et cuits flottait dans la cage d'escalier. Avant même de refermer la porte de mon appartement, j'ai mis un disque de Clifford Brown sur la platine. La microscopique empreinte des notes infléchit le fonctionnement de mon cerveau.

La vendeuse du traiteur italien avait réchauffé les lasagnes dans une barquette en aluminium. Je l'ai posée sur la table. Le gratin brillait, de petites bulles de sauce tomate explosaient à la surface. J'ai sorti des couverts et je me suis servi un verre de bourgogne. Pour donner un semblant d'équilibre à ce repas, j'ai pris un reste de carottes râpées dans le frigo et une pomme dans la corbeille à fruits. Je me suis assis et j'ai commencé à manger. Personne ne me dérangerait ce soir ; je n'ai pas une vie amicale intensive, mes amis sont bien trop occupés à entretenir la débâcle de leur couple et à transmettre leurs désillusions à leurs enfants. Près du fauteuil tourné vers la fenêtre, des livres m'attendaient. Le dîner fini, j'ai déposé mon assiette et mes couverts sur la pile de vaisselle dans l'évier. J'entasse la vaisselle sale jusqu'à ce que l'évier déborde, cela met un peu d'animation dans l'appartement. Je me suis lavé les dents et le visage. En me penchant vers le miroir j'ai remarqué de nouveaux cheveux blancs au niveau des tempes. Les femmes trouvent que cela me va bien. J'ai passé mes doigts dessus, étonné de ces premiers signes de vieillesse, circonspect quant à leur valeur séductrice.

Depuis deux ans, je fais pleinement usage de ma liberté sexuelle en refusant les avances d'un certain nombre de femmes. Ma dernière histoire d'amour a été difficile, aussi ai-je décidé de rester en jachère un certain temps. Maintenant que la douleur s'est éteinte, la fin de cette histoire ne me paraît plus si scandaleuse. J'en suis arrivé à penser que c'est une bonne chose que les histoires se terminent, car elles nous temporalisent et nous ouvrent aux autres. Je regarde ma bibliothèque et ma discothèque et je constate que l'amour a construit ma culture. Pour être honnête, les livres et les disques de mes années de célibat ne sont pas moins nombreux.

Dans le célibat, nous connaissons des moments de désespoir et un sentiment d'inutilité semblable à celui que l'on ressent lorsque l'on est au chômage. Passé un certain temps, j'ai compris que la vacance de mon cœur n'était pas un problème en soi ; je m'étais retrouvé avec moi-même, et cette compagnie n'était pas si désagréable. Une chose cependant n'avait pas trouvé de résolution : je ne savais que faire de mes pulsions. Le corps a faim de contacts, de la chaleur d'un autre corps et du battement d'un autre cœur pour régler le rythme du sien. Je ne voyais pas comment le nourrir d'une façon qui pourrait me convenir. La réponse s'est dessinée, pour ma satisfaction étonnée, sans que je paraisse la décider.

Depuis un soir du mois de mai dernier, je passe la nuit de mercredi à jeudi avec une femme que je connais à peine – Dana. Parfois nous faisons l'amour, souvent nous nous contentons de dormir ensemble. Notre relation est limitée à l'espace d'une chambre d'hôtel. J'imagine que, vu de l'extérieur, cela semble pathétique. De mon point de vue, c'est de la chaleur et c'est déjà pas si mal. Nous nous sommes rencontrés à une de ces soirées mi-amicales mi-professionnelles, où l'on hésite à aller, qui n'ont pas vraiment d'intérêt, mais où l'on passe au cas où, pour ne rien avoir à regretter, et peut-être aussi pour avoir un sujet de conversation au bureau le lendemain. La party avait lieu dans un appartement de la rue des Petits-Champs, près de la place du Palais-Royal. Dana se tenait dans un coin de la pièce, une coupe vide à la main placée entre elle et la petite foule des invités, comme si elle avait dressé un mur de verre pour se protéger, signifier qu'elle n'était pas réellement là. Instinctivement, je me suis approché d'elle et nous avons discuté de choses et d'autres. Je ne saurais mieux dire que : nous nous sommes reconnus. Cela aurait pu donner lieu à une vraie histoire, mais nous n'étions pas dans la disposition nécessaire pour tomber amoureux.

Nous sommes sortis de ce grand appartement, de cet environnement de conversations, de canapés et de macarons bicolores. Le printemps nous enveloppait de sa douceur, la nuit était claire. Nous nous sommes retrouvés en face d'un grand hôtel, un palace avec portier, voiturier, tapis rouge et porte à tambour. Je me souviens d'avoir noté la hauteur et la massivité des immeubles alentour ; en comparaison, les bâtiments de la Butte-aux-Cailles avaient l'air d'enfants architecturaux. J'ai alors pensé que ce quartier avait l'air adulte, capable de se défendre et de vivre en toute tranquillité. Il n'y avait pas d'inquiétude à avoir pour son avenir.

Dana et moi avons bien regardé l'hôtel, impressionnés, admiratifs, et puis nous nous sommes regardés. Je ne sais pas pourquoi nous sommes entrés, pourquoi nous avons pris une chambre. Peut-être avions-nous besoin de nous blottir dans quelque chose de luxueux. Nous cherchions un refuge. Nous n'avions pas l'intention de coucher ensemble, mais nous nous sommes laissés porter par la situation (et certaines situations sont des institutions). Je crois que chacun croyait que l'autre avait envie d'une aventure ; et que ne voulant pas le décevoir, par politesse, chacun y consentait. Mais, c'était manifeste, ni elle ni moi ne savions comment nous y prendre. Nous étions paralysés par ce que nous devions accomplir. Dans la chambre, j'ai commencé à essayer de l'embrasser, mais mes lèvres ont manqué les siennes. Elle a éclaté de rire. Alors elle m'a embrassé, mais nous n'arrivions pas à faire cela sérieusement. Nous avons passé la nuit au lit, à boire du champagne devant des films de Lubitsch qui passaient à la télé.

Depuis, nous nous retrouvons toutes les semaines, le mercredi à vingt-trois heures, dans ce même hôtel. Ces rendez-vous hebdomadaires nous suffisent. Nous nous glissons dans le lit, nous parlons de tout et de rien, nous regardons des films avec notre plateau-repas sur les genoux en buvant du vin et du champagne, nous faisons l'amour. Nous ne parlons pas de cette relation qui n'en est pas une. Ce n'était pas décidé, mais cela s'est imposé. Nous avons le sentiment de faire quelque chose en dehors du monde. Donner un nom à ce que nous vivons, cela le normaliserait, ce serait brusquement entrer dans la réalité. Et je crois que ni elle ni moi n'avons une assez grande confiance en la réalité pour lui donner l'opportunité de nous saisir. Pour la même raison, nous ne parlons pas de notre passé, nous ne nous sommes rien révélé de trop personnel : ni adresse ni famille. Le mystère et la tendresse président à nos nuits.

Le parfum des lasagnes imprégnait le salon. J'ai ouvert la fenêtre quelques secondes pour aérer. Je me suis installé à la table de la cuisine avec mon cahier et mon stylo.

Je n'ai pas de méthode de travail, ou disons que ma méthode de travail consiste à travailler ; je reste assis face à ma feuille et je la remplis. Cela peut être douloureux, mais les idées finissent par se manifester, elles naissent des mots et des phrases.

D'après Rose et Édouard (très doués pour rapporter les bruits de couloir), certains membres du cabinet poussaient le maire à profiter de l'occasion pour dénoncer la xénophobie du gouvernement. C'était un jeu risqué : Fata Okoumi, avec justesse, pourrait estimer que l'on se servait d'elle pour des manœuvres de politique intérieure. J'étais partisan de nous en tenir à des principes humanistes généraux et à un appel au Parlement pour faire voter des crédits améliorant la formation des policiers.

J'ai écrit une phrase, puis deux, puis trois. Bientôt la première page a été couverte de lignes. J'ai tracé des traits et des flèches pour former des paragraphes. J'ai continué la moisson sur la deuxième page. En même temps que j'organisais la matière, de nouvelles phrases naissaient sans cesse.

Personne aujourd'hui ne croit plus que les hommes politiques écrivent eux-mêmes leurs discours. Ils ont mieux à faire. Des gens comme moi jouent les Cyrano de Bergerac, écrivant les mots qui permettront à des hommes populaires de conquérir les cœurs. Et nous restons sans amour. Mais avec la conviction que nous participons à la naissance de choses qui en valent la peine.

Je me suis endormi, le stylo en main, la joue posée sur le bras.

Mon téléphone portable a sonné deux heures plus tard. Minuit. Le numéro était masqué. J'ai décroché. J'ai reconnu la voix de l'homme qui m'avait pris mon passeport. Fata Okoumi allait me recevoir. Maintenant ? Oui, maintenant. J'ai pris une douche et mis une chemise propre. Par réflexe je me suis parfumé. J'ai immédiatement passé de l'eau sur mon cou pour enlever le parfum. J'ai remis le pantalon de mon voisin.

Le soleil était couché depuis longtemps, mais je suis habitué à laisser mon travail déborder sur mon temps libre. Cette échappée nocturne contribuait à donner des atours romanesques à cette mission, et ce n'était pas pour me déplaire.

L'hôpital, la nuit, me rappelle ma chambre d'enfant et la veilleuse qui restait allumée. Les lumières sont discrètes, le personnel au repos, les visiteurs absents. Comme tout est silence et tranquillité, on se laisse accroire que les maladies se sont assoupies et les agonies éteintes. Une trêve semble naître dans une guerre sans fin. Mais pour les malades qui n'arrivent pas à trouver le sommeil, l'accalmie, la cessation de l'activité des infirmiers et des médecins, l'arrêt des injections, des rayonnements et des coups de bistouri doivent donner une impression d'abandon. Le cauchemar est bien là, à l'œuvre dans ce calme d'autant plus terrible que l'on est seul et que personne ne ressent ce que l'on ressent. L'agitation, même inefficace, crée l'apaisant sentiment de quelque chose qui se passe. Je comprends les médecins qui choisissent d'opérer des cas désespérés. Aucune énergie n'est produite en vain ; elle alimente les batteries de l'hôpital, du personnel, des malades, des familles.

J'avais eu la présence d'esprit de prendre ma carte d'identité pour remplacer le passeport confisqué. Le contrôle à l'accueil fut bien plus long cette fois-ci. J'étais une surprise ragaillardissante dans la nuit des militaires de garde, le moyen de tromper l'ennui. Ils ont pris leur temps pour chercher mon nom sur la liste. Nous avons échangé des mots sur le froid, sur Noël qui approchait et la difficulté de trouver des cadeaux appropriés. Le règne de la nuit permet de petites entorses au formalisme diurne. Tout le monde dormait et nous bénéficions de la liberté de ceux qui sont à part et s'affranchissent du commun. Un militaire m'a proposé de fumer une cigarette, j'ai décliné et suis sorti du bâtiment. Ma respiration formait des volutes dans la nuit glacée. Tous les vingt mètres, un lampadaire éclairait les allées. Une ambulance m'a doublé ; les vitres teintées m'ont empêché de voir le passager. Des oiseaux de nuit volaient d'arbre en arbre. Au loin, une camionnette du service de nettoyage s'est arrêtée à côté d'une rangée de poubelles. Je suis passé devant la chapelle ; une telle architecture, si ancienne, si belle, donnait un peu de poésie et de chaleur au site de l'hôpital.

Je suis entré dans le bâtiment Y. Les radiateurs fonctionnaient à plein régime. La différence de température m'a fait frissonner. Je n'ai croisé personne jusqu'à l'ascenseur. Une femme de ménage poussant son chariot m'a rejoint quand la porte se fermait. Elle portait une longue blouse bleue et ses cheveux nattés étaient attachés contre sa nuque. Nous nous sommes regardés et souri. Il y a des gens à qui l'on ne parle pas, ce n'est pas nécessaire ; un coup d'œil, un mouvement du menton contiennent tout : « Ça va ? Bonne soirée. Bon courage. J'espère que vous arriverez à passer en service de jour. »

L'odeur du café oblitérait celle de l'hôpital. Une femme militaire attendait au bureau de contrôle. Elle a vérifié mon nom dans son registre et j'ai pris la direction de la chambre de Fata Okoumi. Machinalement, je me suis recoiffé et j'ai rentré les pointes du col de ma chemise sous mon pull.

Bien avant de voir quelqu'un, on en dresse son portrait. Comme celui qui tombe imagine sa chute pour amortir le contact avec le sol, nous nous protégeons de la rencontre en imaginant la personne que nous allons découvrir. Ainsi, mentalement, je dessinais Fata Okoumi avec les éléments que m'avaient fournis les bribes entendues à la radio et lues dans les journaux. Je l'imaginais grande, la peau très noire, assez enveloppée. Je l'imaginais sympathique aussi, malgré son statut de dirigeante d'un empire industriel et financier ; après tout, elle était femme, noire et victime d'une bavure policière. En vertu d'une sorte de racisme et de misogynie positifs (si *the woman is the nigger of the world*, alors que dire d'une femme noire ?), j'avais décidé que si elle se révélait antipathique, je résisterais, je lui trouverais des excuses.

L'homme qui avait confisqué mon passeport avait été remplacé par un autre garde. Je lui ai tendu ma carte d'identité, mais il n'y a pas jeté un regard. Il a ouvert la porte.

Pénétrer dans une pièce nous place dans la position du spectateur d'une œuvre d'art. Il y a une forme, des couleurs. Un court instant, rien ne bouge. C'est le premier souvenir que nous en garderons. Un grand nombre d'informations émane de cette image. Nous avons la certitude que tout restera ainsi. Puis, le tableau disparaît, nous en faisons le deuil instantanément, la scène s'anime, le personnage devient une personne en bougeant le bras, en clignant des yeux. Mais, même si la réalité prend d'un coup toute la place, d'infimes paillettes de magie demeurent.

En raison du statut particulier de Fata Okoumi, la pièce était plus spacieuse qu'une chambre d'hôpital classique. La lumière était éteinte. Les rideaux n'étaient pas tirés, seuls les lampadaires extérieurs diffusaient un faible éclairage. Il n'y avait pas de télé fixée en hauteur. Des fleurs reposaient dans des vases. Sous le drap et la couverture, j'ai vu comme une colline. Derrière cette colline, un visage sombre et rond surmonté d'un bonnet bleu. Sur ce visage, un nez, un sourire et deux yeux mi-clos. En même temps que je me suis avancé vers le lit, le visage s'est tourné vers moi. Le blanc des yeux tranchait avec la peau sombre ; les pupilles brillaient. Fata Okoumi avait soixante-dix ans, mais sa peau ne portait pas de marques de vieillesse. Ses lèvres fines lui donnaient un air assuré et de défiance. Si elle n'avait pas été allongée dans un lit d'hôpital, on l'aurait dit vigoureuse. Elle était en fait assez grande et svelte. Avant même que nous n'échangions le moindre mot, j'ai été frappé par sa vitalité, par la vivacité de ses expressions. Elle venait d'échapper à la mort, elle était alitée, et pourtant tout en elle était vivant, comme si elle n'avait rien concédé au drame ni à l'hôpital, comme si elle était inentamable.

«Vous êtes l'envoyé du maire», a-t-elle dit.

Sa voix était éraillée. Sans doute l'intubation avait-elle fait pression sur ses cordes vocales, sur son larynx. Impossible donc de savoir si elle avait un accent, en tout cas son français était parfait. Je me suis présenté. On parle doucement aux blessés, aux malades, je ne sais pas pourquoi, comme si on ne voulait pas, par un niveau de décibels trop élevé, réveiller le monstre endormi, la maladie, la blessure.

J'étais l'envoyé du maire, et cela sonnait comme quelque chose d'important, comme un émissaire de l'Antiquité au chevet d'une reine. Il y avait une chaise, mais je ne me suis pas assis.

Je lui ai expliqué comment nous avions prévu les choses. Le maire parlerait, puis ce serait son tour. Mais si elle le désirait, elle pouvait parler en premier. Ensuite, il la recevrait à l'Hôtel de Ville pour envisager la meilleure manière de réparer ce qui était arrivé. J'étais là pour l'écouter et j'étais à son service. J'ai sorti mon cahier de ma sacoche.

Fata Okoumi n'avait pas l'air intéressée par ce que je disais. Cela ne me gênait pas. Ce n'était qu'une introduction, du bla-bla de présentation. Et puis, je n'étais personne, personne d'important. Elle s'est soulevée à l'aide de ses coudes et s'est calée contre le coussin. Elle a passé sa main sur le bandage qui dépassait de son bonnet bleu. Ses cheveux avaient été rasés pour l'opération. Ses doigts étaient orphelins du geste familier de se faufiler dans sa chevelure.

« À votre avis, pourquoi ce policier m'a-t-il frappée ? » a-t-elle demandé.

Il y avait de la douceur dans sa question. Elle se demandait sincèrement pourquoi. Ce n'était pas un accident : un être humain avait levé la main sur elle. Elle était abasourdie comme le serait un homme habitant la Normandie ayant contracté le paludisme. C'était impossible. Cela voulait dire que la géographie elle-même avait un problème, il faudrait refaire toutes les mappemondes, un glissement de terrain avait eu lieu, gigantesque et silencieux.

Je lui ai répondu qu'il y avait une enquête et que j'étais désolé.

Son front s'est plissé. Je ne sais si elle souffrait et, si c'était le cas, j'ignorais si c'était une souffrance physique. Il y avait un bouton relié à un fil près de son oreiller pour appeler l'infirmière. Elle ne l'a pas utilisé. Quelque chose semblait s'être cassé. Comme si la réalité avait été blessée en même temps que son crâne. Elle s'est servi un verre d'eau avec la cruche posée sur la table près de son lit. Elle a bu. Son visage a retrouvé sa sérénité.

« S'il m'a frappée, c'est qu'il pense que j'ai fait une bêtise », a-t-elle dit en reposant le verre.

Drôle de mot, *bêtise*. Cela donnait une teinte enfantine à l'affaire.

J'ai dit que je ne savais pas ce qui avait bien pu se passer dans la tête du policier. J'ai marqué une pause avant de lui rappeler, les joues brûlantes en raison de mon audace, qu'elle était noire. Elle m'a souri. J'allais souvent la voir sourire. Sans doute ressentait-elle l'ivresse de l'accidenté qui, ayant craint de ne plus pouvoir marcher, se lève de son fauteuil, marche précautionneusement, puis accélère le pas et commence à courir. Elle se servait de son cerveau avec la conscience qu'elle avait failli en perdre l'usage à jamais. Elle retrouvait la jouissance qu'il peut y avoir à penser, le champ des possibles ainsi offert.

« Je suis une femme aussi, a-t-elle dit. Peut-être que la couleur de ma peau lui a donné une bonne couverture pour dissimuler sa misogynie. »

C'était, en effet, une possibilité. J'ai acquiescé. Tout le monde s'était focalisé sur la couleur de sa peau. Cela paraissait l'explication la plus probable. Mais elle avait raison, elle était une femme aussi, et cela suscitait une haine encore plus universelle. J'aimais sa manière de penser, il était impossible de prévoir quel chemin elle emprunterait.

J'ai dit, avec une ironie hésitante et maladroite, «Vous êtes également une personne d'un certain âge. Le policier était peut-être gérontophobe.»

Fata Okoumi a ri. Je l'avais fait rire. L'exercice pour moi était de trouver la bonne distance. En s'adressant à moi avec familiarité, elle me mettait dans une position délicate. J'avais un choix à faire: soit rester sur la réserve quitte à l'irriter, soit basculer de son côté (sans, toutefois, oublier à qui je m'adressais: il n'y a pas d'amitié véritable entre personnes inégales. Fata Okoumi dirigeait un empire, j'étais un employé municipal. Il est vrai que son nouveau statut de victime changeait les choses. Cela la ramenait presque au rang d'une personne normale).

«Je suis une vieille femme noire. Oui, c'est une combinaison dangereuse.»

«Les gens sont idiots et dangereux», ai-je dit.

«À votre avis quelle doit être ma réaction à ce qui m'est arrivé?»

Que pouvais-je répondre? J'étais coincé. Je ne voulais pas la mettre sur la voie de la colère, mais il était hors de question de minimiser.

«Je ne sais pas. Je sais juste que, nous, nous devons vous rendre justice».

Elle n'a pas relevé. Elle s'est éclairci la gorge.

« Avez-vous toujours habité Paris ? »

« Non. Je suis arrivé ici il y a une vingtaine d'années. »

« Vous êtes un étranger vous aussi, alors. En quelque sorte. Vous aimez cette ville, n'est-ce pas ? »

J'ai hoché la tête.

« Il est difficile de ne pas l'aimer », a-t-elle dit.

Un voile de fatigue est passé dans ses yeux. Je la voyais sombrer sans qu'elle puisse lutter. Elle a levé la main et m'a demandé de revenir le lendemain à la même heure.

Je suis sorti de l'hôpital. Un morceau de lune flottait dans le ciel. L'air froid s'est glissé dans mes poumons. En me retournant, j'ai reconnu l'homme qui avait gardé mon passeport. Il était posté près de l'entrée, les mains croisées devant lui. Je me suis rendu à une station de taxis.

Le taxi roulait vite. Les lumières des autres voitures et des restaurants défilaient dans mes yeux. J'étais encore plein de ma conversation avec Fata Okoumi et je sentais un picotement dans mon ventre. Je n'avais pas rencontré la dirigeante d'une multinationale, mais une femme accessible et chaleureuse. L'insolente légèreté de Fata Okoumi opposée à la tragédie m'avait charmé autant que sa curiosité à mon égard. J'aimais le regard qu'elle portait sur ce qui était arrivé. Même convalescente, même enfermée dans une chambre d'hôpital, sa liberté ne faisait aucun doute.

Parce qu'une intuition me le commandait, j'ai dit au chauffeur de changer de destination. Je voulais aller sur les lieux de l'agression. Les rues étaient quasiment désertes, nous avons traversé tout Paris en cinq minutes. Le taxi m'a déposé près du métro Barbès. Fata Okoumi avait manifesté une légèreté et une aisance qui faisaient oublier la violence qu'elle avait subie. J'avais besoin de revenir au début de l'histoire. La pensée est un chemin, et rien ne l'amorce mieux qu'un véritable trajet.

Il était près d'une heure du matin. Le dernier métro déchargeait ses passagers qui se pressaient pour rentrer chez eux. Il y avait encore de l'animation, des vendeurs à la sauvette proposaient des cigarettes de contrebande et des comprimés de méthadone, des jeunes buvaient des bières sur un banc.

Ce quartier change à toute allure. Depuis quelques années, de jeunes couples s'y installent en raison des prix prohibitifs du reste de la ville. Les familles populaires et la jeunesse plus aisée se croisent et ne se parlent pas. Deux mondes, au moins, se côtoient. Il y a une fatalité triste dans cette colonisation des quartiers pauvres par les classes moyennes. Bientôt, on y trouvera la même population qu'à Bastille. Les pauvres et les étudiants seront, de fait, expulsés vers les banlieues. C'est la malédiction des capitales occidentales : les gens modestes disparaissent peu à peu sous les coups de carte bleue des élèves des écoles de commerce, des avocats d'affaires et des fanatiques du prêt-à-porter ; les cafés labellisés, les boulangeries franchisées et les magasins de vêtements détruisent le tissu urbain plus sûrement que les expulsions et les démolitions. Et – c'est un sujet de discussion constant lors des conseils municipaux –, il n'y a rien à faire. Seule une crise majeure permettrait d'y mettre un frein.

Je me suis remémoré l'article qui précisait le lieu de l'agression. Le policier avait frappé Fata Okoumi entre deux arbres, près du magasin de jouets. J'ai regardé le sol, mais rien n'indiquait l'endroit exact du drame. J'ai parcouru une cinquantaine de mètres en remontant et en descendant le boulevard. Sans succès. Le trottoir avait été lavé par quelque service de nettoyage ou bien balayé par les pluies torrentielles du week-end.

Je n'avais pas besoin d'une tache de sang pour m'imprégner de la scène. Il suffisait de se la représenter. Le policier frappant une vieille femme récalcitrante. Celle-ci s'écroulant. Les passants s'écartant, criant. L'intervention des policiers pour calmer la foule. L'arrivée de l'ambulance et des gardes du corps.

J'ai dénoué mon écharpe. Le froid a saisi ma gorge. J'avais envie de ressentir quelque chose de physique. J'ai inspiré profondément comme si des molécules du drame flottaient encore dans l'air, pensant à Fata Okoumi, blessée et seule (ses gardes du corps se trouvaient quelques dizaines de mètres plus loin lors de l'agression). Les images se bousculaient en moi. Le froid et la nuit figuraient la violence et la solitude. Je me sentais douloureux et malheureux. J'ai hélé un vendeur de cigarettes. Je n'avais pas fumé depuis vingt ans. J'avais besoin d'une présence, d'un petit feu pour me réchauffer et éloigner l'angoisse. J'ai fumé en déambulant. Les volutes de cigarette parfumaient l'air alentour comme un encens aigre. Les guirlandes multicolores apportaient un peu de couleur à la nuit, et une timide joie. J'ai jeté le mégot rougeoyant dans le caniveau et arrêté un taxi. Tandis que le chauffeur me ramenait chez moi, la fatigue m'est tombée dessus.

La porte de mon immeuble était coincée à cause du givre. J'ai réchauffé la clé dans ma main et, en forçant, j'ai réussi à ouvrir. Après avoir avalé une ampoule de ginseng et un verre de jus d'orange – ce n'était pas le moment de tomber malade –, je me suis déshabillé et glissé dans mon lit.

La nuit est passée, avec toujours ces rêves de batailles et de traques que je ne m'explique pas et qui font paraître mes séances chez ma psy comme des comptes rendus de films de guerre. Je me demande quelles traces laissent les rêves d'explosions, de fusillades, de massacres. Je me demande si c'est pour cela que je participe à prendre soin de Paris.

Je me suis réveillé cinq minutes avant la sonnerie programmée de mon réveil. J'ai préparé mon petit déjeuner mécaniquement, thé, bouillie de flocons d'avoine, jus d'orange. La pensée de Fata Oukoumi m'a rasséréné. Savoir qu'elle était blessée et pourtant si vivante m'a donné des forces. Je me réjouissais déjà d'en parler à Dana. Chaque semaine je collectais des histoires, des informations, des faits étonnants et nouveaux, des idées de livres, de films pour en discuter avec elle. Ce mercredi j'aurais quelque chose d'important à lui dire, une histoire qui faisait la une des journaux. Et, bêtement, j'en étais heureux, comme si c'était un présent que je lui offrirais. Je lui décrirais ma rencontre avec Fata Okoumi, je lui dirais combien cette femme m'avait impressionné. Jusqu'à maintenant nous n'avions pas parlé de notre métier, mais après tout je pouvais me permettre cette petite entorse à l'anonymat qui entourait notre relation.

Notre rendez-vous d'il y a quinze jours (Dana avait eu un empêchement la semaine dernière) avait été particulièrement doux. J'étais en train de défaire ma cravate devant le miroir de la salle de bains, quand Dana avait dit:

«Mathias? (sa voix était toujours d'une tonalité charmante d'ironie et de bienveillance) Tu viens?»

Je l'avais rejointe dans la chambre. Elle avait enlevé son manteau: elle portait un magnifique ensemble bordeaux. Je l'avais prise dans mes bras et nous nous étions embrassés. Son parfum était nouveau, j'étais resté un moment contre son cou pour m'en enivrer. Je l'avais félicitée pour sa tenue. Moi je portais mon vieux costume en tweed défraîchi.

«Je suis content que tu aimes», avait dit Dana en repoussant ses cheveux sur sa nuque.

Nous nous étions encore embrassés, son rouge à lèvres avait marqué ma joue et le coin de mes lèvres. Puis elle s'était brusquement écartée comme si elle voulait arrêter la montée du désir. Je nous avais servi du vin. Ce soir-là avait été l'acmé de cette relation qui n'était pas une relation. Nous avions pris la carte et nous avions commandé tout ce qui nous faisait plaisir. La timidité des premiers temps avait fait place à une familiarité complice. J'ignorais quelle histoire difficile avait vécue Dana pour avoir besoin de quelque chose de non engageant et sans danger, et ça ne m'intéressait pas. Toutes les histoires se ressemblent. Nous étions pleins d'attention l'un envers l'autre ; nous n'étions tenus par aucun lien hormis le souci de vivre quelques heures de bonheur.

En sortant de la douche, j'ai observé la graisse qui se concentrait sur mon flanc et mon ventre. Mes doigts l'ont effleurée. Je n'étais pas certain de vouloir m'en débarrasser. Ce surplus adipeux m'était devenu familier.

Pendant que la deuxième infusion de mon thé refroidissait, je suis allé récupérer mes pantalons chez Valdo. Il venait d'ouvrir sa boutique, son cigare pas allumé au coin gauche de la bouche. Son fauteuil roulant était dissimulé sous des tissus. Valdo m'avait expliqué qu'il n'était pas handicapé quand il travaillait. Sans souffrir d'une infirmité, je le comprenais : je ne me sentais jamais aussi bien que lorsque j'étais concentré sur une mission.

Mes sept pantalons étaient empaquetés dans du papier de soie. J'ai passé ma main dessous pour les caresser, retrouver la sensation de leur matière. J'ai félicité Valdo. Celui-ci a levé le menton et dit que c'était normal. Je lui ai parlé de Fata Okoumi, de ce qui lui était arrivé et de mon rôle dans le traitement de cette affaire. Valdo m'a répondu que des gens travaillent bien et d'autres mal. Frapper quelqu'un en raison de la couleur de sa peau était un manque de professionnalisme. C'était impardonnable.

De retour chez moi, après un moment d'hésitation, j'ai rangé les pantalons. J'allais continuer, pendant un temps, à porter le pantalon de cérémonie noir de mon voisin du rez-de-chaussée.

Il y a une excellente pâtisserie près de l'Hôtel de Ville, un de mes refuges dès que la compagnie de Rose et Édouard me pèse. J'y suis passé avant d'aller travailler. J'ai tergiversé quelques instants face à la serveuse, puis j'ai pointé le doigt vers une boîte de pâtes de fruits. Je comptais l'offrir à Fata Okoumi ce soir. Il n'est pas habituel que je donne quoi que ce soit aux gens que je rencontre ; il m'arrive de payer un café, mais c'est le grand maximum. Je savais que ce geste n'était pas anodin, et c'était un présent moins conventionnel qu'un bouquet de fleurs. Lui offrir quelque chose était un acte à la limite de l'inapproprié, mais il me semblait que c'était ce que je devais faire. Parfois on obéit à son intuition sans bien en comprendre l'origine. Je suis sorti de la boutique et il s'est mis à pleuvoir. J'ai pressé le pas.

La tribune était maintenant construite. Les ouvriers et les techniciens municipaux avaient travaillé rapidement et efficacement. Un auvent en plastique gris abritait la scène, un grand rideau rouge cachait les coulisses. Un pupitre en bois clair et strié était dressé au centre pour les deux orateurs. Des fils électriques (pour les lumières et les micros) couraient sur le sol. Les radiateurs étaient entreposés sous l'auvent, ils seraient installés au dernier moment.

Il n'était pas anodin d'organiser l'allocution sur cette place, l'ancienne place de Grève, théâtre des exécutions depuis le Moyen Âge. Les lieux gardent la mémoire des événements qui s'y sont déroulés. Le maire aurait pu recevoir les journalistes et les invités dans un des grands salons de l'Hôtel de Ville, c'était l'usage (et puis nous étions en hiver, cela aurait été plus confortable pour tout le monde). Il avait fait le choix de parler sur un site symbolique de la barbarie d'État. C'était déjà un message.

Des passants me regardaient. J'étais de l'autre côté des barrières, je portais une cravate : ils devaient me prendre pour quelque personnage officiel. La pluie continuait et je ne m'en souciais pas. Mes épaules, mes cheveux étaient trempés. Je suis resté ainsi cinq minutes. Puis, sans me presser, je suis allé me mettre à l'abri.

Quand on entre dans l'Hôtel de Ville, on passe par une salle dite des Cariatides. Les cariatides sont des femmes sculptées qui, faisant office de colonnes, soutiennent le bâtiment. Elles me font penser aux femmes africaines portant des bidons d'eau ou de petites montagnes de marchandises sur leur tête. Il est troublant que les sculpteurs leur aient donné le rôle de soutenir ce bâtiment où les hommes décident.

J'ai épongé mes cheveux et mon visage avec des serviettes en papier, mis mon manteau au-dessus d'un radiateur, déposé la boîte de pâtes de fruits sur ma table. Mon téléphone a sonné. L'hôpital confirmait l'heure de ma visite nocturne.

Le service de presse avait déposé sur mon bureau les journaux et les magazines du jour qui étaient consacrés à Fata Okoumi. J'ai poussé ces amas de cellulose directement dans la corbeille. J'étais en train de faire connaissance avec quelqu'un, je ne voulais pas être parasité par des articles à sensation. Il n'y avait pas besoin de lire les journaux pour connaître Fata Okoumi. C'était la dirigeante d'une multinationale. L'imagination est une meilleure source de renseignements que l'information.

Je n'avais pas l'impression de faire quelque chose de plus important que ce que je fais habituellement. Bien sûr, c'était loin de l'ouverture d'une crèche, de l'exposition Glaucus et du projet de multiplier par dix les ruches de la capitale (missions dont je m'occupais la semaine précédente), mais ma position ne changeait pas : je travaillais pour la ville (sauf que je m'apprêtais à offrir une boîte de pâtes de fruits à Fata Okoumi, et je ne savais quoi penser de cet élan inhabituel). Quand je discute avec un pompier ou le directeur d'une école, je le fais dans l'optique de servir, non pas leurs intérêts, mais ceux de la population parisienne dans son ensemble. Quelqu'un peut me livrer son cœur, m'émouvoir, me passionner, il ne faut pas que je succombe : au final, j'écrirai quelque chose dont le maire ou un des adjoints pourra se servir. J'ai du respect pour les gens que je rencontre, je les écoute sincèrement, mais je ne suis pas là pour faire la publicité de leur point de vue. D'une certaine façon (l'idée n'est pas plaisante, mais c'est ainsi), je me sers d'eux. La seule chose qui m'importe, c'est la collectivité. Qui ne peut pas être la somme de tous les intérêts particuliers. Les mots que j'écris participent à dessiner le paysage d'une mandature, à lui donner une couleur. Je ne sais pas si nous avons assez fait, j'en doute ; chaque décision fabrique des mécontentements et des injustices. Mais je sais que nous avons mieux défendu l'intérêt général que l'ancienne majorité.

Je me suis allongé sur un des bancs de la salle Puvis de Chavannes. C'est une drôle de salle ; en général on la considère ratée et absurde. Le peintre a créé une œuvre murale qui aurait mérité une pièce dix fois plus grande. Il a représenté l'océan dans ce qui ressemble à une salle d'attente. L'océan, ainsi enfermé, a l'air comprimé. Le spectateur n'a pas assez de recul pour en admirer l'entièreté. On en vient à sortir de la salle pour bien regarder la peinture, mais alors des pans entiers disparaissent à cause de l'encadrement de la porte ; on se rapproche et on se retrouve le nez collé au sujet gigantesque. Le problème des proportions me rend ce lieu particulièrement sympathique. Puvis de Chavannes a fait ce choix volontairement, comme s'il avait souhaité nous dire que l'océan ne pouvait être contenu, qu'il était fait pour déborder.

Je suis retourné dans mon bureau. De même que quelques minutes plus tôt j'avais laissé tomber la pluie sur moi, j'ai laissé passer le temps sur moi. Je n'ai pas travaillé de toute la matinée. Je me suis balancé sur mon siège. Fata Okoumi avait colonisé mon esprit. Je la voyais dans sa chambre plongée dans le clair-obscur, allongée dans ses draps blancs, je voyais son visage, ses mains, son regard perçant. Rose et Édouard ont tenté sans succès de m'arracher des informations. J'ai regardé l'horizon à travers la fenêtre. Je ne suis pas sorti à l'heure du déjeuner.

Reprenant mes notes, j'ai passé l'après-midi à écrire. Il me semblait nécessaire d'accorder la part belle à ce que Fata Okoumi avait achevé en quelques décennies, le conglomérat qu'elle avait bâti. En temps normal, l'apologie d'un archange du capitalisme aurait écorché la bouche d'un maire de gauche. Mais la situation était particulière. Il fallait composer. Il n'y avait pas d'autre alternative que de dresser un portrait hagiographique de Fata Okoumi. Il faudrait dire qu'elle avait contribué à développer le continent africain, qu'elle l'avait modernisé. Peu importait d'écorner la vérité. Le discours du maire serait davantage à destination de Fata Okoumi que du public de journalistes et d'invités. Ce n'était pas simple. J'avais pu constater que Fata Okoumi mettait tout le monde mal à l'aise. Elle était noire, ce qui réveillait la mauvaise conscience des Blancs. C'était une femme, ce qui réveillait la mauvaise conscience des Noirs, des Blancs, des riches, des pauvres. Fata Okoumi n'était pas une victime pratique. C'était un genre d'ornithorynque insaisissable.

Selon moi, le maire avait intérêt à faire un discours en deux parties. La première centrée sur l'agression et le scandale qu'elle représentait pour la nation française. La deuxième consacrée à l'éloge de la réussite économique et des engagements humanitaires de Fata Okoumi. Un discours n'est pas la vérité, il consiste à satisfaire un but. Dans le cas présent, nous en avions deux. Premièrement, être agréable à Fata Okoumi. Deuxièmement, faire avancer la lutte contre le racisme. Il y avait eu plusieurs bavures ces derniers mois, et l'on « tenait » enfin une victime qui permettrait de faire bouger les choses.

J'ai quitté l'Hôtel de Ville, mais je n'avais pas envie de rentrer chez moi, dans cet appartement que je connaissais trop bien, empli de ma présence, de mon odeur, de mes goûts. J'aurais eu l'impression d'être entouré de moi-même comme dans ces galeries de miroirs dans les fêtes foraines. Je suis allé dîner dans un restaurant de la place des Vosges.

Après avoir pris le temps de manger une entrecôte et un fondant au chocolat, j'ai fait le tour de la place plusieurs fois. J'ai pensé à l'hôpital, au bâtiment Y. Je me suis imaginé circulant dans les couloirs, passant en revue toutes les maladies potentielles, toutes les maladies que l'on pourrait avoir au long de notre vie ; je ne sais pas pourquoi, l'image de l'Hôtel de Ville s'y est superposée, avec ses propres services, ses propres spécialités.

Je me suis installé dans un café. J'ai collé mon front contre la vitre. Les lumières de la ville, le bruit, la musique, les discussions m'ont fait penser aux hommes préhistoriques qui tenaient les fauves à l'écart avec de grands feux. À notre manière, nous tentons aussi de repousser la peur et la nuit. J'attendais le moment où il faudrait que je me mette en route pour l'hôpital. Mon incapacité à penser à autre chose, mes doigts qui tapotaient le rebord de la boîte de pâtes de fruits, ces signes me faisaient l'effet d'être dans l'attente d'un rendez-vous amoureux.

Quelque chose se passait entre Fata Okoumi et moi. Quelque chose que je n'arrivais pas à nommer, ni à identifier, et qui me remplissait d'énergie.

Les fleurs avaient été changées. Elles trempaient dans des vases au fond de la chambre. Leurs pétales s'étaient fermés pour la nuit, leur tête légèrement avachie. Fata Okoumi se tenait adossée à son oreiller, les mains posées devant elle. La lampe de chevet était allumée, tournée vers le mur. Je la voyais mieux que lors de notre première rencontre.

Je me suis fait la réflexion qu'elle ne se ressemblait pas ; elle ne ressemblait pas aux photos que j'avais vues dans la presse. L'agression, l'opération, l'hospitalisation, tout cela l'avait transformée physiquement. Son visage était plus maigre, ses yeux plus brillants. Et pourtant, elle n'avait pas l'air à sa place ici, dans cette petite ville de malades et de blessés. La vie palpitait de tout son être, comme un morceau de charbon incandescent. Tout était pâle en comparaison. Les machines électroniques médicales, le lit, les draps blancs, tout cela paraissait pauvre et futile, ridicule au regard de la majesté de Fata Okoumi.

Je lui ai donné la boîte de pâtes de fruits. Elle l'a acceptée avec ravissement. Elle l'a ouverte et me l'a tendue. Je me suis servi. À son tour, elle en a pris une. J'ai contourné le lit pour être bien face à elle. Sur mon cahier, une vingtaine de pages étaient noircies. J'ai tiré un trait en dessous de mes dernières notes et inscrit les initiales de Fata Okoumi. Ne sachant comment amorcer la conversation, j'ai donné l'information de la journée : le policier serait jugé. C'était la moindre des choses, mais je lui ai annoncé comme une victoire.

Elle n'a pas réagi. Le clair-obscur de la pièce, les bouquets de fleurs, sa présence même rendaient la scène étrange. Fata Okoumi a tourné le visage vers la fenêtre. La lune était entière dans le ciel marine.

« Je me demande ce qui en lui a frappé ce quelque chose d'insupportable en moi », a-t-elle dit.

La violence soudaine du policier n'avait pas trouvé d'explication. Je ne voyais quoi répondre. Fata Okoumi ne semblait pas en être gênée. Elle réfléchissait à voix haute.

« Vous jouez d'un instrument de musique ? » m'a-t-elle demandé.

Comme lors de ma première visite, elle m'impliquait dans son raisonnement. Quand on atteint quarante ans, on fait le compte de toutes les choses que l'on voulait faire et que l'on a abandonnées. À l'âge de dix-huit ans, j'avais assisté à un concert d'Art Farmer, je m'étais promis qu'un jour j'apprendrais la trompette. Puis vingt-deux ans étaient passés, vingt-deux années à ne pas franchir le seuil d'une boutique de Pigalle pour acheter cet instrument dont je rêvais.

« Non, malheureusement, je ne joue de rien. »

Son regard a quitté la fenêtre pour se poser sur moi.

« Pour jouer d'un instrument de musique, a-t-elle dit, il faut des années d'apprentissage auprès d'un professeur. La question que je me pose est : comment le policier a-t-il appris à se servir de sa matraque. Qui a été son professeur ? »

De nouveau, je ne voyais pas quoi répondre. Je n'avais aucune idée de la raison du trajet entre ce bâton et son crâne. Mais, Fata Okoumi le savait, poser la question, c'était y répondre. Ce gamin n'avait pas eu un bon professeur. Savoir ce que recouvrait ce terme de professeur, de quoi il était la métaphore, c'était de la politique, et je ne comptais pas m'aventurer sur ce terrain.

« Le Parlement va discuter d'une réforme de la formation des policiers », ai-je dit.

On parlait de baptiser la loi à venir de son nom. Mais elle a fait la moue. Cela n'était pas suffisant.

On ne connaîtrait jamais le ressort qui avait poussé le jeune policier à frapper Fata Okoumi. Sans doute l'ignorait-il lui-même. Mais on pouvait émettre des hypothèses. Il n'était pas inexplicable qu'un policier frappe une femme noire. Ce geste était redevable d'une histoire, une histoire personnelle, celle du jeune policier, mais surtout d'une histoire collective, celle de ce pays. Là où ça se compliquait, c'était que Fata Okoumi tenait un rôle dans la genèse de ce drame. Elle se promenait un soir de semaine, parmi la foule, sous les guirlandes de Noël, dans un quartier populaire de Paris, un quartier qui accueille des immigrés, des sans-papiers. La couleur de sa peau lui permettait de passer inaperçue. Mais elle n'avait pas joué le jeu jusqu'au bout. Quand le policier lui avait demandé ses papiers, elle aurait dû se conduire comme une habitante du quartier. Mais elle s'était comportée comme la femme de pouvoir qu'elle est. C'était cette anomalie qui avait déclenché la fureur du policier. Quelque chose en lui avait sans doute voulu rétablir la bonne marche du monde : les étrangers donnent leurs papiers sans sourciller et si possible en baissant les yeux.

Certains commentateurs n'hésitaient pas à lancer une pique raciste : en se promenant à Barbès, Fata Okoumi avait voulu revenir aux sources. Quelles sources ? Elle n'était pas française. On voulait dire qu'elle était allée là où des gens avaient la même couleur de peau. Même si on a réussi, on n'a pas réussi au point d'être un homme blanc. D'autres pointaient son manque de prudence pour s'être rendue dans un quartier réputé dangereux. Mais la délinquance avait été policière.

Pour l'instant, personne ne connaissait la raison de sa promenade à Barbès, et il aurait été imprudent d'interpréter. Lui poser la question n'était pas simple. Un journaliste, le maire ne pouvaient le faire, car cela aurait été admettre la segmentation sociale de la capitale, cela aurait été reconnaître que cette ville abritait différents pays et que tous les citoyens n'étaient pas traités avec la même diligence. Moi, qui n'étais rien, qui n'étais qu'un employé, je pouvais. Je lui ai donc posé la question, le stylo sur mon bloc, comme si c'était une question parmi d'autres et que je n'y attachais pas plus d'importance que cela.

Fata Okoumi a répondu, « J'ai fait mes études à Paris où je suis arrivée en 1956. J'habitais boulevard Barbès à l'angle de la rue des Poissonniers. Je voulais revoir mon ancien appartement. Croyez-moi, à l'époque il était impossible pour une jeune Africaine de louer dans un autre arrondissement. »

« Cela n'a pas beaucoup changé », ai-je dit.

Elle a eu un petit rire et a pointé le doigt vers son crâne, « Oui, je m'en suis aperçue. »

Elle ne se plaignait pas. Elle parvenait à rire de cette histoire. Mon admiration a encore grandi. J'étais là depuis une dizaine de minutes. J'avais pris quelques notes, mais je découvrais que rien n'avait besoin de se passer. J'étais heureux d'être ici. Le temps pouvait s'écouler, cela ne me gênait pas. La formulation de ses phrases, ses gestes, les mouvements de son visage, tout cela m'émouvait, et pour ainsi dire me charmait. Son élégance et sa justesse semblaient autoriser une familiarité entre nous.

J'ai ajouté, «Mais en contrepartie vous avez toute l'attention de la police.»

«Je m'en passerais bien.»

«J'aurais préféré être frappé à votre place.»

«Merci, a dit Fata Okoumi. Cela me touche. Mais en avez-vous les compétences?»

«Si je prenais quelques cours, je crois que je serais assez doué pour être une victime.»

Fata Okoumi a souri et m'a demandé de lui servir de la tisane. J'ai rempli sa tasse.

«Que faites-vous habituellement? Vous êtes le garde malade de l'Hôtel de Ville?»

D'une certaine façon elle n'avait pas tort. Je m'évertuais à faire en sorte que ma ville soit bien soignée, je la veillais.

J'ai dit, «J'écris des notes pour le maire et les adjoints. Je prépare leurs discours et leurs allocutions en rencontrant des gens.»

«Mais vous-même, vous n'écrivez rien de personnel? Vous n'agissez jamais?»

«C'est sans doute préférable.»

La tisane était à peine tiède. Elle a bu une gorgée et a serré sa tasse contre elle, sur le drap.

«J'ai l'impression que ce coup qui m'a assommée m'a aussi réveillée d'un long sommeil. J'y vois clair aujourd'hui.»

Elle a marqué une pause. Elle m'observait. Les petites rides sur son front se sont relâchées. Elle a dit de sa voix ample et assurée, encore éraillée, « J'ai droit à une réparation. »

Nous y étions. Fata Okoumi allait demander un dédommagement. Elle était en droit d'en obtenir un. Une réparation. Le mot était plein d'ironie, comme si l'on pouvait réparer une agression de cette violence et le voisinage avec la mort. Elle a saisi une pâte de fruits dans la boîte décorée de feuilles d'automne. Elle a pris le temps de la déguster.

« Mais je ne vais pas attendre que l'on me donne quelque chose. »

J'étais heureux qu'elle cherche, d'une manière ou d'une autre, à rendre les coups.

Ses yeux se sont à moitié fermés, puis se sont rouverts en grand. Son air sérieux et déterminé m'a impressionné.

« Je ne peux laisser impuni le crime qui a été commis à mon encontre. On a été injuste à mon égard, alors pourquoi ne serais-je pas injuste à mon tour ? »

« Je comprends. »

« Cela ne va pas vous plaire. »

« J'ai des goûts étranges. »

Alors, avec douceur, elle a dit, « J'ai décidé de faire disparaître Paris (elle a fait un geste avec la main comme si elle soulevait un mouchoir de soie à la manière d'un magicien faisant un tour). Vous êtes toujours aussi compréhensif ? »

J'ai souri, par surprise, parce que je ne m'attendais à rien de tel. Elle aussi a souri, mais d'une façon qui montrait clairement qu'elle ne plaisantait pas. J'ai vu une dureté dans son visage dont je ne m'étais pas douté.

« Maintenant laissez-moi. »

Je suis resté interdit quelques secondes. Fata Okoumi a saisi le téléphone et commencé à composer un numéro, et j'ai quitté la chambre.

L'interne de garde faisait des mots croisés. Trois gobelets de café vides étaient posés devant elle parmi des élastiques à cheveux rouges, bleus et verts. J'ai demandé si Fata Okoumi était encore sous morphine. J'ai posé la question comme si j'en avais le droit, c'est le secret pour obtenir ce que l'on veut. Je travaillais pour le maire de Paris, j'étais un officiel, je parlais avec assurance, cela a suffi pour que l'interne oublie le secret médical. « Non », a-t-elle répondu. Aucun médicament dans son traitement n'avait d'incidence sur ses fonctions cognitives. Le traumatisme crânien pouvait induire un nombre considérable de manifestations neurologiques, mais on l'examinait plusieurs fois par jour et rien d'inquiétant n'avait été noté. La jeune femme m'a assuré que tout allait bien.

En sortant, je me suis retourné pour regarder le bâtiment et la chambre de Fata Okoumi, la seule aux rideaux ouverts. Je ne savais pas quoi faire de ce qu'elle venait de dire. J'aurais préféré qu'elle se mette en colère. Sa menace, que devais-je en penser? Ce n'était pas sérieux, ça ne pouvait pas l'être. J'ai pressé le pas, j'ai pensé aux réseaux qui finançaient le terrorisme international, j'ai pensé à l'implication d'hommes d'affaires, de banques, de paradis fiscaux, et aux liens étroits qui unissent l'économie mondiale, le trafic d'armes et la Mafia. Avait-elle voulu me signifier qu'elle allait engager une campagne de représailles contre Paris, payant des poseurs de bombes? Je n'étais pas préparé à une telle chose. Je n'étais pas un conseiller à la sécurité, j'étais un simple gratte-papier. Il y a encore une semaine, j'écrivais un discours pour le maire du IVe arrondissement à propos de l'ouverture d'une crèche. J'essayais de me convaincre que j'avais mal entendu, non, elle avait bien dit qu'elle allait faire disparaître Paris. Je devais prévenir le maire.

J'ai observé autour de moi les bâtiments, les allées, la chapelle. J'avais du mal à me repérer, je ne savais plus très bien où je me trouvais. Il m'a fallu quelques secondes pour me calmer.

Je m'étais pris d'affection pour Fata Okoumi, au début parce qu'elle était une victime, qu'elle était une femme, qu'elle était noire. Puis parce qu'il s'était passé quelque chose entre nous, une chaleur, des inflexions dans nos échanges, une complicité en demi-teintes. Le retour à la réalité me déroutait, je ne comprenais pas.

J'ai appelé le maire, il était sur boîte vocale. J'ai laissé un court message en citant la phrase de Fata Okoumi. Mon ventre me faisait mal. J'avais l'impression que la nuit tombait sur moi, qu'elle pénétrait par les pores de ma peau et se mêlait à mon sang. Je tremblais de froid, mais le froid ne venait pas de l'air, il irradiait de mon propre corps.

Je m'étais trouvé bien auprès de cette femme. D'un coup cela volait en éclats : j'étais expulsé d'un monde de sympathie.

Le taxi m'a déposé devant chez moi. La Butte-aux-Cailles reste un quartier tranquille, mais abrite en son sein des bars qui ferment à deux heures du matin. En raison de la joliesse et de l'histoire de l'endroit, les clients savent limiter leur raffut. Nous sommes loin du capharnaüm bruyant du Disneyland bistrotier d'Oberkampf. Quelques jeunes installés pour fumer en terrasse malgré le froid me saluèrent.

J'ai monté les marches trois à trois. La porte refermée, j'ai hésité à allumer la lumière, comme si l'obscurité permettait d'amoindrir ce que je savais. La lampe de chevet près du canapé me suffisait. J'ai posé mon téléphone portable sur la table, ne doutant pas que le maire, un de ses conseillers, un adjoint, quelqu'un d'officiel, me rappellerait.

Je ne fais jamais le ménage dans le but de ranger et de nettoyer, mais avec l'espoir de clarifier mes pensées. Comme si ce qui se trame dans mon esprit pouvait suivre le bon exemple des meubles alignés, du sol nettoyé, de la vaisselle faite, des livres et des disques rangés. Comme si le monde pouvait bénéficier de l'influence positive de l'ordre que j'installais chez moi. Ainsi, la nuit durant, j'ai rangé et cherché tout ce qui pouvait être classé et nettoyé. J'ai rempli trois sacs-poubelle de papiers, journaux, boîtes de gâteaux, prospectus.

Il y a des nuits sans sommeil dont on ne se rappelle pas les heures. J'ai gardé en moi la phrase de Fata Okoumi comme j'aurais serré un bloc de radium dans mes bras de manière à empêcher son rayonnement. La nuit est propice à ces croyances enfantines ; la nuit les choses ont la possibilité de ne pas être vraies, d'être de mauvais rêves.

Je me suis endormi dans le canapé sans m'en rendre compte, alors que je ne l'espérais plus. Le jour m'a réveillé vers huit heures. J'étais encore habillé. Un instant, je me suis dit que j'avais rêvé. La lumière blanche de ce matin de décembre m'a fait plisser les yeux et je me suis rappelé Fata Okoumi prononçant sa phrase. Mon premier réflexe a été d'attraper mon téléphone portable. J'ai eu peur d'avoir manqué un appel. Non, il n'y avait aucun message, aucun appel en absence.

Je ne me suis pas changé, pas lavé ; je n'ai pas pris de petit déjeuner, pas même mon thé habituel. Sur le chemin de l'Hôtel de Ville, tandis que le bus descendait le boulevard Saint-Jacques, j'ai appelé le secrétariat du maire et demandé à le voir de toute urgence. Mes tempes me faisaient mal. Je les ai massées. Fata Okoumi s'amusait de notre sentiment de culpabilité. Ce n'était qu'une provocation. Maintenant que la nuit était passée, que le soleil de ce premier jour d'hiver avait regagné sa place dans le ciel bleu, c'était l'explication la plus plausible.

Le maire m'a reçu dans la «chambre rouge», une petite pièce logée au fond de son si grand et spartiate bureau. La porte ressemble à celle d'un placard, comme si on avait voulu la camoufler. La pièce a la taille d'une cellule de moine. C'est ici que le maire se repose, il y dort trente minutes, jamais plus, le temps de reprendre des forces. Il n'y a pas de fenêtres, l'éclairage se réduit à un néon au-dessus du lavabo. Les murs, pour le peu qu'on puisse les voir, ont une teinte rouge défraîchie et expliquent le nom que l'on a donné à cette pièce. Le lit n'est rien de plus qu'une frugale banquette ; une barre est accrochée entre deux murs, des chemises sur cintre y pendent. Un réveil mécanique dont les aiguilles ont perdu presque toute leur fluorescence est posé à même le sol.

Quand je suis entré, j'ai senti l'odeur d'hibiscus. Le maire en boit des décoctions toute la journée. Il aime avoir une tasse de liquide chaud à la main et il doit éviter la caféine. À son invitation, j'ai pris place sur la chaise en face de lui. Le maire était allongé sur le dos ; il s'est redressé. Ses chaussures étaient rangées bien parallèles à côté du lit.

Fréquenter le pouvoir n'est pas rien. Je ne trouve pas que ceux qui l'incarnent dégagent une quelconque séduction. C'est le contraire : je ressens une irrépressible pitié à leur égard. Quand je suis entré au service de la Ville de Paris, quand j'ai commencé à fréquenter le maire et ses adjoints, les maires d'arrondissement, les députés et les personnalités politiques amies, j'ai été frappé par l'humanité, la petite humanité mièvre de ceux qui ont le pouvoir sur une ville ou un pays sans avoir de pouvoir sur eux-mêmes et leurs pensées. Le maire (bien sûr, je suis partial) représente le haut du panier. Il est droit, travailleur, il achève ce qu'il entreprend et il est entièrement dévoué à Paris. Depuis que je le connais, il n'a jamais mis de distance avec moi. Il est exigeant, il se met en colère, mais il ne joue pas de sa position.

Travailler pour une institution ou une entreprise a une influence sur ce que nous pensons. En faisant partie du cabinet du maire, je sais que j'ai perdu en indépendance d'esprit. Un signe ne trompe pas (et m'a étonné la première fois que je l'ai éprouvé) : je réagis très vivement quand quiconque, lors d'un dîner, critique la municipalité, la politique ou même la personnalité du maire. Comme si on critiquait ma propre famille. Oui, j'ai perdu en indépendance d'esprit. Si j'en ai conscience, c'est pour la simple raison que je n'y attache pas vraiment d'importance.

Et c'est sans doute parce que je suis débarrassé de l'orgueil de me croire maître de moi-même que je parviens à l'être un peu.

Il n'est pas possible de penser la politique quand notre corps et notre esprit côtoient le politique. Toute objectivité est perdue. Je suis de gauche, c'est certain, mais je me garde bien d'avoir des opinions précises. Je me contente (lâchement) d'être attaché à des principes généraux. Comme avec l'amour, je me tiens à distance.

Alors que le maire me fixait, j'ai pensé que je n'aimais pas les tête-à-tête : il n'y a pas de fuite possible. Je lui ai demandé ce qu'il pensait de la phrase de Fata Okoumi. Je m'en étais débarrassé, libre à lui maintenant d'en faire ce qu'il voulait, d'y prêter foi, de prévenir le ministre de l'Intérieur, d'en rire. Il allait se débrouiller avec. Cette chose brûlante n'était plus mon problème, des gens qualifiés et puissants s'en saisiraient. Mon dos s'est arrondi contre le dossier de la chaise.

« J'étais au courant », a dit le maire.

« Comment ça ? » J'étais déstabilisé.

« Fata Okoumi m'en a parlé. Elle m'a appelé après vous avoir reçu. Mais je n'en sais pas plus que vous. Elle n'a pas développé son idée et j'avoue qu'elle ne m'a pas laissé l'opportunité de lui demander où elle voulait en venir. Elle vient de sortir d'une grave opération, elle a bien le droit de divaguer un peu. »

J'ai serré mes mains sur le rebord de la chaise. Je n'avais pas imaginé que le maire et elle se parlaient et, peut-être, se voyaient. Je me suis senti étrangement jaloux.

« Vous ne croyez pas qu'elle a le droit de vouloir faire disparaître Paris ? » a demandé le maire.

Je ne comprenais pas à quoi il jouait. J'ai répondu non, que je ne le croyais pas.

« Elle n'en a pas le droit, a dit le maire, mais elle a le droit d'en avoir le désir. »

Selon lui il ne fallait pas prendre sa phrase au sens littéral. Fata Okoumi, blessée et bouleversée, voulait faire disparaître Paris de son esprit. Elle avait besoin d'être excessive et de dire quelque chose qui serait à la mesure de la violence qui lui avait été faite. Elle devait penser à retirer tous ses avoirs, tous ses investissements de la capitale. Peut-être songeait-elle à un boycott.

Il avait raison. Si Fata Okoumi voulait réellement s'en prendre physiquement à Paris, elle ne nous le dirait pas. Mes épaules se sont relâchées, ma mâchoire s'est desserrée. Je me faisais l'effet d'avoir eu une crise de paranoïa.

Mais on n'est jamais trop prudent : le maire avait prévenu le Président. Les services secrets la surveillaient, elle et ses proches. Il n'y avait pas de quoi s'inquiéter. Il estimait que nous pouvions être heureux qu'elle n'en profite pas pour mener une croisade contre l'Occident. Beaucoup de gens n'attendaient que ça. Les fanatiques se réjouissaient.

Potentiellement, il y avait un risque de crise internationale majeure.

Enfin, le maire m'a annoncé que j'assisterais Fata Okoumi. C'était une volonté de sa part, elle avait besoin d'un «guide local» et m'avait apprécié. Cela m'a touché, mais je trouvais la formulation surprenante.

«En quoi pourrais-je *l'assister*?»

Le maire n'en savait rien. Il faisait le pari que Fata Okoumi ne tarderait pas à sortir de l'hôpital et qu'alors elle se serait calmée, son coup de colère serait retombé. Discuter avec elle serait plus aisé. Ma présence auprès d'elle aurait deux avantages: je le tiendrais au courant de son état d'esprit et de ses projets, et puis je pourrais tenter de la modérer. Le maire avait des idées pour lui rendre justice: une plaque sur le lieu de l'agression ou même un monument. Il m'a demandé de la prévenir qu'il comptait la faire citoyenne d'honneur de la ville et qu'il l'annoncerait lors de la déclaration conjointe. Il voulait la dorloter. Les deux enfants de Fata Okoumi, à Paris depuis l'agression, me contacteraient dans la journée. Je devais considérer que j'étais à leur service. Cela m'a fait un drôle d'effet, comme une sorte d'abandon.

Le maire s'est passé la main dans les cheveux pour leur redonner du volume, s'est levé et a noué sa cravate. Il a posé sa main sur mon épaule et m'a dit, «Nous allons tout faire pour la contenter.»

J'ai traîné au lit comme si ce mercredi était un dimanche, entouré de biscottes beurrées, de confitures, de thé. J'aime le remue-ménage et le bruit des petits déjeuners qui traînent en longueur.

J'étais rentré chez moi sitôt ma conversation avec le maire terminée. Tant que Fata Okoumi estimerait avoir besoin de moi, j'étais en congé de l'Hôtel de Ville. Sa dernière phrase ne cessait de me revenir à l'esprit. Et, même si ce n'était qu'une métaphore, elle me dérangeait. J'étais partagé entre ma fidélité à l'égard de ma ville et mon devoir envers Fata Okoumi, un devoir auquel j'adhérais. Je comprenais sa colère, mais je trouvais qu'elle se trompait de cible et cela m'irritait.

Je n'aime pas que l'on critique Paris, et encore moins que l'on fasse mine de s'y attaquer. C'est la ville qui m'a accueilli. En arrivant de ma banlieue, j'ai trouvé une terre solide et belle, une terre non pas où j'ai aimé vivre, mais où je me suis révélé à la vie. S'en prendre à Paris, c'était s'en prendre à moi-même. Pour avoir de temps en temps fait partie de l'équipe du maire en déplacement à l'étranger, je sais qu'il n'y a aucune autre ville qui lui soit comparable. Aucune n'a autant de cinémas, de librairies, de musées, de théâtres, de bons restaurants ; aucune capitale n'a des services sociaux aussi développés, ni un réseau de métro, de bus et de tramway aussi dense et efficace. Il y a une certaine arrogance à dire cela. Je le sais. Cela tient au fait que, chaque jour, je vois ce que la municipalité, dans son ensemble, fait pour que cette ville soit à la hauteur des trop beaux rêves que l'on a d'elle. Nous ouvrons des crèches, nous gérons des musées, nous finançons des logements sociaux et la réfection des immeubles anciens, les repas servis dans les cantines sont biologiques et issus du commerce équitable. On ne trouve pas cela à New York, Moscou ou Tokyo. Paris est une religion séculière pour laquelle il faut se battre. Bien sûr, nous voudrions faire plus. Mais nous agissons et je sais que les choses changent. Un peu. Et cette lenteur est une bonne chose. Les choses doivent changer lentement. C'est nécessaire. C'est une sécurité. Certes, cela signifie que la civilisation s'installe à pas de fourmi mais aussi qu'il sera plus difficile et plus long de l'arracher de la conscience des hommes. Détruire n'est pas un processus plus rapide que construire. Alors oui, même si c'est peu satisfaisant, même si c'est rageant, je suis pour la lenteur.

Paris change comme un être vivant. Chaque année, elle

gagne des arbres et perd des voitures, les pistes cyclables sont plus nombreuses, nous développons les transports collectifs, les asthmatiques y respirent mieux, les saumons fraient de nouveau dans la Seine et des faucons pèlerins nichent sur la tour Saint-Jacques et Notre-Dame.

Paris n'était pas responsable du geste du policier. Mais une femme importante qui avait frôlé la mort avait droit à de la considération quand elle exprimait une idée grotesque et injuste. J'aurais dû être rassuré que les choses se déroulent ainsi. Fata Okoumi aurait pu appeler à la vengeance populaire et embraser les banlieues. Même si elle décidait de rapatrier tous ses capitaux, même si elle appelait au boycott, nous devions nous estimer heureux, car cela aurait pu être beaucoup plus violent. Le maire avait raison. J'allais continuer, attentif et déférent, à me rendre auprès d'elle.

J'ai pris une orange et je l'ai épluchée. L'hiver est la saison des agrumes. Quand je pense à cette saison, je ne vois pas de neige, pas d'écharpes, pas de père Noël, mais des oranges, leur belle couleur, le grain de la peau, la pulpe.

La sympathie que j'avais éprouvée à l'égard de Fata Okoumi n'était plus intacte, de la méfiance s'y mêlait désormais. Comme tous les hommes de pouvoir, elle avait du talent pour la séduction. J'ignorais si elle m'avait manipulé, mais c'était une possibilité. Dorénavant, j'étais sur mes gardes. Débordé par mes sentiments, je m'étais laissé emporter. Il n'y a pas de relation égalitaire entre quelqu'un de sa stature et quelqu'un de la mienne. Il était évident que, sitôt rétablie, elle reprendrait sa place parmi les dirigeants de multinationales.

Je me suis levé du lit. Des miettes de biscottes sont tombées sur le parquet. Du bout du pied, je les ai poussées sous le lit. Je suis allé me doucher. Alors que l'eau brûlante coulait sur ma peau et mes cheveux, j'ai pris conscience que quelque chose se passait dans ma vie. Un dérangement surprenant. Pendant quelques jours, je n'irais pas à l'Hôtel de Ville, je ne verrais pas Rose et Édouard, et je n'en étais pas mécontent. Je me suis savonné, puis lavé les cheveux en me massant le crâne pour me détendre.

Du bureau, j'avais pris deux sacs remplis de journaux et de magazines. L'état de grâce s'était dissipé. J'allais me confronter à la personnalité réelle de Fata Okoumi. J'ai vidé les sacs sur le lit. Les journaux ont glissé sur ma couette comme une rivière multicolore. Ne pas être découragé devant la masse d'informations. Une forme se ferait naturellement jour, elle se détacherait de la profusion de détails.

J'ai d'abord examiné les photos. Les mêmes revenaient tout le temps ce qui indiquait que Fata Okoumi se tenait à distance des médias. Elle avait les cheveux longs, noirs, ondulés, attachés, jamais lâchés sur les épaules. Il n'y avait pas de photos d'elle jeune. Elle semblait avoir toujours été cette grande femme au regard décidé.

J'ai découvert sa biographie. Là encore, on retrouvait les

mêmes informations, comme si les journalistes n'avaient eu affaire qu'à une seule maigre source. Elle était née au Cameroun soixante-dix ans plus tôt. Après de brillantes études au lycée dans son pays, elle avait bénéficié d'une bourse pour étudier à Paris au milieu des années cinquante, puis elle avait participé à la lutte pour l'indépendance. Enfin, très vite, elle était entrée dans les affaires. Parcours classique d'une révolutionnaire qui prend goût au pouvoir et à l'argent. La lutte collective est la meilleure des préparations à une carrière florissante dans les affaires. On y apprend à prendre des décisions, à convaincre les autres et à les entraîner vers un but. Au fil des pages, je suis tombé sur des articles détaillant des scandales dans lesquels Fata Okoumi était impliquée (ventes d'armes, d'uranium, de diamants, commerce avec l'Afrique du Sud pendant l'apartheid). Cela acheva de me dessiller. Ma naïveté avait été sidérante.

La liste de ses sociétés (en Afrique du Sud, au Kenya, en Angola, au Cameroun, au Nigeria, mais aussi en Amérique du Nord, en Europe et en Asie), le dénombrement de ses milliards, de ses résidences, de ses collections d'art, de ses œuvres philanthropiques, tout cela m'irritait. N'importe quel milliardaire affichait le même tableau de chasse. J'ai pensé à ces jeunes et moins jeunes qui brûlaient des voitures en banlieue pour manifester leur solidarité avec Fata Okoumi en raison de la couleur de sa peau. Bien évidemment, ses deux enfants travaillaient avec elle. En raison de son âge, elle leur passait peu à peu les rênes. Elle avait créé un empire dynastique, une similiroyauté où l'hérédité l'emportait sur la compétence. C'était décevant de banalité.

J'ai empilé les journaux et les magazines dans le bac jaune de recyclage près de la porte d'entrée.

Je me suis resservi du thé. J'étais sonné. Trop de choses étaient arrivées en si peu de temps, trop de rencontres, trop de pensées contradictoires, trop d'émotions. J'avais besoin de sentir mon corps lutter pour ne plus penser.

Je suis sorti devant chez moi en simple chemise. La petite place était déserte. Je me suis approché de la fontaine pour le plaisir d'entendre l'eau couler. En quelques secondes, le froid m'a saisi. Il m'a rongé la peau. Je tremblais, mes dents claquaient, mes yeux pleuraient. J'avais envie de courir, mais je m'en suis empêché. J'ai marché jusqu'au café des Cinq Diamants. Dès que j'ai passé la porte, la chaleur m'a enveloppé. J'ai commandé un café au comptoir. Le serveur, un Indien cinquantenaire avec une moustache, m'a regardé avec circonspection. La brume chaude et parfumée du café m'a fait du bien dès que je l'ai approché de mon visage. J'ai bu une gorgée en frissonnant.

Des clients jouaient aux cartes, un couple prenait un brunch, une étudiante révisait ses cours sans doute en prévision des examens de janvier.

Pour être honnête (et sortir en chemise par un jour

d'hiver glacial vous amène à ce genre d'excentricité), habiter la Butte-aux-Cailles, ce n'est pas vraiment habiter Paris. Aucun quartier n'a une telle identité, à la fois ouvrière et aristocratique. J'aime Paris, mais je vis sur un îlot, une république indépendante éloignée de mes amis et de mon travail – peut-être est-ce ma façon d'aimer. Mon immeuble de brique rouge est sur la partie la plus haute de la butte, et j'ai souvent pensé qu'ainsi j'étais à la meilleure position pour, telle une sentinelle, observer. Les tours des quartiers de Tolbiac et des Olympiades (et dans une moindre mesure, les arbres) empêchent en fait toute visibilité, mais je ne me suis jamais départi de cette image complaisante. Je suis au point culminant, plus haut que le niveau de la mer, à l'abri du prochain déluge et protégé de la foule.

En deux gorgées, j'ai terminé mon café. J'ai payé et suis remonté chez moi, grelottant. J'ai repassé ma chemise, mon pantalon et ma veste avec mon fer de voyage, ciré mes chaussures. Les enfants de Fata Okoumi pouvaient m'appeler à tout instant.

Mais la journée est passée sans qu'ils appellent.

Comme dans une salle d'attente, je n'ai strictement rien fait, sachant que je devais me tenir prêt à pouvoir partir sur-le-champ. Je ne pouvais me concentrer sur la lecture d'un roman, ni sur un film. J'ai feuilleté des magazines, changé des livres de place, bu du thé, peuplé ma journée de mille microactivités inessentielles dont la seule fonction était de brûler des minutes. C'était une position inconfortable, mon corps m'encombrait, je m'asseyais sur le canapé, puis m'allongeais, et recommençais le même manège sur mon lit. Cette attente a favorisé le vagabondage de mes pensées et leur fixation sur des choses auxquelles, habituellement, je ne prêtais pas attention. Sans que je le désire, à cause de ce trop-plein de loisir, mon esprit découvrait des parcelles jusqu'alors laissées dans l'ombre.

Ainsi, ce mercredi matin, j'en étais persuadé : l'appartement d'un célibataire est une autopsie en cours de réalisation. Les piles de disques, le linge sale, la vaisselle, la lessive qui sèche en sont autant de preuves. Il y a quelque chose de triste, de morbide et de figé. Il faut dépenser une énergie insensée pour insuffler de la joie et de la chaleur dans un tel lieu. Je me suis rappelé l'appartement de mon voisin du rez-de-chaussée, et j'ai été terrifié à l'idée que le mien pourrait grandir ainsi et lui ressembler. Si, sans y prendre garde, par ma solitude, par mes intransigeances, je nourrissais ces quarante mètres carrés, un jour, mon appartement serait aussi grand, il y aurait les mêmes piles de journaux, les mêmes odeurs, les mêmes vêtements neufs dans des housses en plastique. Je serais un vieillard aigri qui regarderait par le judas avec suspicion quand quiconque sonnerait à sa porte.

Il me restait encore quelques années pour éviter un tel destin. J'ai décidé de continuer à porter le pantalon de mon voisin pour lui donner une vie, des plis, des flétrissures, lui faire voir le monde qu'il n'avait pas vu. Il n'avait peut-être jamais été porté pour un rendez-vous galant. Il n'était peut-être pas tombé sur des chaussures pendant que son propriétaire embrassait la femme qu'il aimait.

En attendant, j'avais Dana. Notre histoire, hors des sentiers battus des aventures sexuelles et sentimentales, constituait un succédané idéal à l'amour. Je la retrouvais ce soir et j'en étais heureux. Pas follement heureux, mais doucement heureux. Mon bonheur est sans frémissements et sans risques. Je suis attaché à Dana parce que notre peau se touche, que nous regardons des films ensemble dans un grand lit aux draps toujours frais et lisses, que nous ne nous sommes engagés à rien et qu'ainsi nous ne pouvons pas nous blesser. Nous avions rendez-vous à vingt-trois heures et je me réjouissais déjà des verres que nous partagerions au lit, du film que nous regarderions ensuite, des mots que nous échangerions, et des étreintes.

Tous, nous avons tendance à confondre les émotions et les sentiments. Nous croyons aimer, quand nous avons simplement du désir. Mes rencontres avec Dana, sa peau contre la mienne, nos baisers provoquaient d'agréables émotions en moi. Mais elle ne m'inspirait pas de sentiments profonds. Je n'étais pas dupe. Je ne la regrettais pas quand nous nous quittions au coin de la rue des Petits-Champs et de la rue de Richelieu. Je passais les six jours qui nous séparaient sans signes de manque. D'ailleurs, le fait de ne pas l'avoir vue la semaine dernière ne m'avait pas dérangé. Il faut trouver des moyens d'atténuer la tragédie de l'existence, des correctifs compensatoires qui permettent de ne pas sombrer et de conserver une certaine tranquillité, un équilibre. Dana avait ce rôle, et j'avais ce rôle pour elle.

Le moment n'était pas venu pour moi de rencontrer quelqu'un et d'être amoureux. Je n'étais pas prêt. Je ne désirais pas me trouver dans cet état, avec ses lois, sa chaleur, son ciel bleu. Malgré les injonctions, les rendez-vous arrangés et les pressions. Peut-être est-ce à cause de cette pression sociale que je ne voulais pas tomber amoureux.

Par pur esprit de contradiction. Pour le plaisir enfantin de désobéir.

À quarante ans, on sait qu'on peut aimer et être aimé. On a vécu des débuts et des fins, des disputes et des réconciliations, des malentendus et des dissipations de malentendus. On peut s'accorder une pause. Arrêter la succession, au fond terrible, d'une femme puis d'une autre. Ce remplacement monstrueux, car incessant, de quelqu'un par quelqu'un d'autre. Depuis deux ans, j'étais avec moi-même dans la vie. Être célibataire est le meilleur moyen de ne pas être seul : on reçoit en soi le vacarme de la vie, des millions d'informations, des questions. Je n'avais jamais autant lu, autant fréquenté les cinémas et les expositions. Seul l'amour permet de connaître la solitude, car l'autre est là pour faire barrage au monde.

Je me suis approché de la fenêtre. La nuit était pleine de flocons. J'ai espéré que la neige tienne au moins trois jours, jusqu'à Noël. Il n'avait pas neigé à Paris depuis plusieurs années. Sous la lumière des lampadaires, la neige paraissait veloutée comme de la laine de cachemire. J'ai regardé l'heure sur mon téléphone : seulement dix-huit heures. Ma quasi-nuit blanche m'avait épuisé. Après quelques secondes d'hésitation, j'ai pris la décision de dîner tôt. J'ai ouvert le frigo et mentalement composé mon menu : du chou rouge en entrée, puis une omelette aux lardons et aux champignons et, en dessert, un flan.

J'étais heureux ce mercredi. Certes mon bonheur avait pour origine une bavure policière, mais cela ne m'empêchait pas d'être impatient des jours qui s'annonçaient. Je n'irais pas au bureau, je n'aurais pas à supporter Rose et Édouard.

La journée était passée et je n'avais rien fait. Ce n'était pas exactement vrai : j'avais réfléchi à ce que je dirais aux enfants de Fata Okoumi. Avec eux je n'hésiterais pas à être franc, à parler du racisme d'une partie des forces de l'ordre. Je dirais, à propos du flic, Ce n'est qu'un gosse. Je regretterais que les gouvernements de gauche ne se soient pas plus préoccupés que ceux de droite du recrutement et de la formation des policiers. Je dirais, Les bons policiers souffrent de cette image. Il y en a, j'en connais. Et encore ceci à la fille et au fils de Fata Okoumi, Ne jugez pas ma ville à partir de cette tragédie, nous valons mieux que ça. Oui, j'allais leur expliquer. Et nous trouverions quelque chose de symbolique à faire pour que, jamais, on n'oublie ce qui s'était passé. Le maire avait raison, la phrase de Fata Okoumi était un mélange de provocation et de colère. Son état d'esprit changerait à la sortie de l'hôpital.

Une heure plus tard, alors que je me servais un verre de vin, le téléphone a sonné. Un homme (à sa voix j'ai estimé qu'il avait une quarantaine d'années) s'est présenté comme étant le fils de Fata Okoumi. Il m'a annoncé que sa mère avait sombré dans le coma quelques heures plus tôt. Les chirurgiens l'avaient opérée pour stopper un saignement intracrânien, mais elle ne s'était pas réveillée. Il m'a demandé de le rejoindre, lui et sa sœur, à son hôtel (le Mariott du boulevard Saint-Jacques). J'ai noté l'adresse sur une liste de courses aimantée à la porte du frigo.

Un poids d'angoisse a comprimé ma poitrine. Depuis lundi, j'étais ballotté entre des impressions sans cesse contradictoires à l'égard de Fata Okoumi. La nouvelle de son coma lui redonnait le statut de victime dont je l'avais débarrassée bien vite. J'ai regardé les journaux et les magazines entassés dans le bac jaune de recyclage et cela m'a paru dérisoire.

Depuis qu'elle était entrée dans les affaires, depuis qu'elle avait créé son empire, elle avait fait des choses terribles, mais qui étais-je pour juger l'histoire de sa vie ? Je ne pouvais imaginer les difficultés d'une femme noire et pauvre pour s'en sortir. Peut-être avait-elle fait tout cela pour ses enfants ? Elle s'en était sortie. Elle n'avait pas été une victime. C'était déjà bien. Il aurait été injuste de lui demander d'avoir en plus une vie impeccablement morale. Quand on commence à se battre, quand on commence à refuser le destin que l'on nous a promis, il est impossible de renoncer et de se ranger. On ne redevient pas un agneau. On ne récupère pas son innocence comme si on l'avait déposée dans un coffre en sûreté.

Comment pouvais-je la juger ?

J'allais faire un pas de côté et me garder d'avoir une opinion. J'ai mis ma cravate et mes chaussures. Mes mains tremblaient. Je ruminais. Je m'étais attaché à elle. Son passé, les trafics, son empire industriel, le viol de l'embargo à l'égard de l'Afrique du Sud, tout cela était scandaleux. Mais j'avais rencontré quelqu'un d'autre : une vieille femme qui avait été frappée par un policier et qui risquait de mourir.

J'ai pensé au monde qui menaçait de disparaître, les continents de souvenirs, les dimensions de sentiments. Les instants vécus, les parfums, les pensées intimes, tout cela pouvait s'évanouir sans laisser de traces.

Maintenant il me semblait comprendre sa phrase sur la disparition de Paris. C'était la ville de sa jeunesse, de ses études, du début de son engagement anticolonialiste. Elle en avait conservé une nostalgie, un attachement sentimental. Elle devait s'y sentir chez elle, à l'abri, comme dans une ville de culture et de liberté. Le coup donné par le policier l'avait réveillée de ce rêve. C'est le Paris qu'elle aimait qui avait été blessé. Un autre Paris était apparu.

Je me suis mis en route. L'hôtel Marriott se trouve à deux stations de métro de chez moi, sur le boulevard Saint-Jacques. Ce boulevard est large et, en son milieu, il porte la ligne 6 du métro aérien. Il y a peu de choses aussi belles dans une ville qu'un métro aérien. Les charpentes de fer, les énormes écrous sont comme des sculptures ; et toutes les minutes, les métros foncent sur les rails. J'ai marché sous les voies. Les têtes des lampadaires semblaient se pencher vers moi. Il n'y avait guère de piétons. Une dizaine de gamins jouaient au basket. Leurs gestes étaient précis, souples et sûrs. La balle orange volait d'un bout à l'autre du terrain protégé de grilles. Un métro est passé et tout a tremblé.

Il neigeait toujours. J'ai relevé le col de mon manteau. Paris est une ville faite pour la neige et la pluie. J'ai pensé à Dana et à notre rendez-vous. J'ai fait un calcul : il était dix-neuf heures et je la retrouvais à vingt-trois heures. Je ne serais pas en retard. J'avais besoin de la voir, je n'en avais jamais eu autant besoin. Cette pensée m'a redonné du courage pour affronter les enfants de Fata Okoumi, et leur douleur.

L'hôtel Marriott est un grand bâtiment de verre. Il n'est ni beau ni laid ; il ne se fait pas remarquer sur ce boulevard où les excentricités sont rares. Le hall d'entrée, haut et large, est habillé de couleurs chaudes.

Un sapin d'une taille respectable (moins grand cependant que celui de l'Hôtel de Ville) s'élevait en son centre. Un léger parfum en émanait. À la réception, j'ai demandé M. et Mme Okoumi. On m'a conduit dans le jardin de l'hôtel. En raison de la neige qui tombait depuis quelques heures, de grands parasols avaient été ouverts au-dessus des tables. Des radiateurs extérieurs repoussaient le froid. La lumière venait de projecteurs encastrés dans la pelouse.

Salif et Marie se tenaient bien droits, une tasse de thé devant eux. Ils avaient l'allure et l'assurance de jeunes gens qui ont reçu la meilleure des éducations. Ils étaient habillés très élégamment, le fils en costume, la fille en tailleur. J'ai pensé que si j'essayais de porter les mêmes vêtements que Salif, cela ne marcherait pas, j'aurais l'air déguisé.

Le serveur a pris ma commande, un déca.

Salif et Marie avaient mon âge, une petite quarantaine d'années. Pleins de tristesse contenue, ils avaient des cernes sous les yeux, et leurs gestes étaient las. Après nous être présentés, nous sommes restés silencieux. Le chauffage ronronnait doucement en diffusant une légère odeur de gaz.

J'ai commencé à parler. J'ai dit combien j'étais désolé, combien tout le monde était révolté par ce qui s'était passé. J'ai raconté mes visites à l'hôpital, la dignité et l'humour de leur mère. La forte impression qu'elle avait faite sur moi.

Ils m'ont remercié.

Ils n'ont plus rien dit. Je ne savais s'il fallait que je prenne des nouvelles de leur mère. Je n'ai pas osé. Je leur ai dit que j'étais là pour eux, que j'étais à leur service jour et nuit et qu'ils ne devaient pas hésiter à faire appel à moi. Ils ont hoché la tête. Le silence s'est de nouveau installé. Qu'attendions-nous ? J'avais l'impression qu'ils comptaient sur moi pour que je conduise la conversation. Je ne voyais pas quoi dire. Je n'avais pas l'intention de mentionner le « vœu » de leur mère. Le coma changeait la donne. Cela remettait à plus tard son intrigant projet.

Mais ses enfants avaient une vision des choses bien différente. Salif s'est décidé à rompre le silence. Il n'était pas à l'aise, cela se voyait. Il a regardé sa sœur. Puis il m'a cité la phrase de sa mère. Il ne savait pas ce qu'elle entendait par là, elle ne leur avait pas donné de détails ou de directives. Elle n'en avait pas eu le temps.

Je leur ai demandé ce qu'ils en pensaient.

Marie a répondu que ce genre de sentence correspondait bien au style de leur mère. Cela ne signifiait pas qu'elle n'avait pas été sérieuse, non. Il n'était pas question de prendre cela pour une lubie ou une simple provocation verbale. Elle s'en était ouverte à plusieurs personnes, cela voulait dire qu'elle y tenait, qu'elle avait une idée derrière la tête. Marie semblait avoir plus de sang-froid que son frère. Elle a émis l'hypothèse d'un retrait des capitaux du conglomérat de Paris, et pourquoi pas de faire disparaître encore davantage la présence française en Afrique, expulser les compagnies pétrolières, par exemple.

Son frère a posé sa main sur son bras. Il a ajouté qu'effectivement, c'était peut-être ce que leur mère avait en tête. Mais c'était impossible à certifier. Elle était dans le coma et il refusait de se livrer à une bataille. Il serait toujours temps pour des représailles. Rien ne pressait. En attendant, il voulait faire quelque chose qui marquerait les esprits.

« Notre mère vous a apprécié, a dit Salif. Nous comptons sur vous. C'est votre ville, c'est à vous de trouver quelque chose. »

Salif et Marie n'étaient pas de ceux qui se laissent mener, mais j'ai tout de même suggéré que nous pourrions patienter quelques jours pour connaître l'évolution du coma. Une temporisation paraissait raisonnable.

Ils n'ont pas répondu et j'ai compris qu'ils craignaient qu'elle ne se réveille pas. Ils n'attendraient pas sans rien faire. Ils tenaient debout parce qu'ils étaient sur le point d'agir. Ils ne passeraient pas leurs journées à l'hôpital, l'angoisse au ventre, à guetter la blouse blanche d'un médecin, à essayer d'interpréter les signes sur le visage des infirmières et des internes. Non, ils allaient agir. Et d'une manière mystérieuse, ils semblaient espérer que tout ce que nous ferions aurait de l'influence sur les petits vaisseaux sanguins du cerveau de Fata Okoumi.

Un vent froid a caressé mon front. À certains moments, l'air hivernal pénétrait la masse de chaleur des radiateurs extérieurs. Les flocons étaient gros et tombaient au ralenti. J'ai dit que nous pouvions réfléchir à la question et examiner des pistes.

Finalement, agir maintenant n'était pas une mauvaise chose. Il était clair que j'avais tout intérêt (je pensais en dévoué employé de la Ville de Paris) à faire en sorte que ce soient eux et moi qui nous occupions du vœu de Fata Okoumi plutôt qu'elle-même.

Salif et Marie m'apparaissaient dans toute leur fragilité et leur détresse : ils étaient restés des enfants.

Reprenant l'idée du maire, j'ai suggéré de faire poser une plaque à l'endroit de l'agression. Il n'y a pas eu de réaction, alors j'ai ajouté : « Ou élever un monument. » Je me suis interrompu le temps que le serveur remplisse nos tasses et je leur ai demandé ce qu'ils en pensaient. Marie a balayé ma suggestion d'un geste de la main, un geste qui m'a rappelé celui de Fata Okoumi.

Elle a dit, « C'est parfait. Toutes les organisations de défense des droits de l'homme, les associations antiracistes, tous ces gens-là trouveront l'idée merveilleuse. Mais il n'y a pas de *disparition de Paris* dans ce que vous proposez. »

« C'est une affaire personnelle », a dit Salif.

Il n'a pas dit « affaire personnelle » sur le ton de « c'est un règlement de comptes personnel », il ne songeait pas à une vendetta. Il affirmait simplement que nous étions dans le domaine du privé.

« Soyons clairs, a poursuivi Marie, nous n'en avons rien à faire des violences policières et du racisme dans votre pays. »

Ce malheur était leur bien, ils le protégeraient de toute récupération.

Bien sûr, je ne pouvais m'empêcher de penser que c'était une occasion manquée de mener un combat en faveur des droits des minorités, de profiter du scandale pour instaurer plus de justice et lutter contre le racisme. Mais, même sans eux, l'agression dont leur mère avait été victime permettrait des changements. Le scandale était loin d'être éteint. Les réactions indignées des médias et de la classe politique n'auraient pas eu cette force si elle avait été une simple habitante de Barbès. Très cyniquement, je savais que cela changeait tout, et qu'ainsi, les choses évolueraient (de la même façon, il faudra attendre que la malaria s'abatte sur New York, Tokyo et Paris pour que l'on s'en préoccupe sérieusement).

Nous avons gardé le silence quelques secondes. Ils m'avaient dit ce qu'ils ne voulaient pas faire, mais le désir de Fata Okoumi demeurait une énigme, un problème auquel nous n'avions pas de solution. J'ai émis l'idée qu'un artiste, un sculpteur, saurait quoi tirer d'une telle phrase ; peut-être devrions-nous aller dans cette direction. Mais Salif et Marie ont rejeté mon idée. Cela devait rester entre nous.

Nous sommes convenus de nous revoir le lendemain. La soirée et la nuit pouvaient être fertiles (dans deux heures j'avais rendez-vous avec Dana à notre hôtel, je lui parlerais de cette histoire, je l'interrogerais sur sa vision des choses). Salif s'est levé pour me serrer la main. Marie n'a pas bougé. Elle m'a salué du bout des lèvres. Ses doigts jouaient avec son bracelet.

Je me suis retrouvé sur le boulevard. Un vent froid soufflait et hululait entre les arbres et les piliers du métro aérien. Le sol couvert de blanc semblait le négatif du ciel noir. J'ai remonté le boulevard en direction de la place d'Italie. Mes pieds s'enfonçaient dans la neige. Je me suis retourné et j'ai vu la file de mes pas. Un métro est passé au-dessus de ma tête, les lumières des wagons ont brièvement éclairé mon chemin.

D'une manière ou d'une autre, j'allais aider les enfants de Fata Okoumi à exaucer son souhait. Elle risquait de perdre la vie, je pensais que je pouvais, en contrepartie, perdre un peu Paris. Cela serait un sacrifice que l'on ferait pour éloigner la catastrophe qui s'annonce. Et pour racheter la faute.

Il fallait trouver une manière de faire disparaître Paris. Quoi que cela puisse signifier.

Je suis descendu à la station Palais-Royal. Le quartier était illuminé, chaque vitrine paraissait incendiée. Des touristes se promenaient et se collaient aux boutiques de luxe. J'ai pressé le pas et quitté l'agitation joyeuse. Vingt-trois heures approchait.

Le portier de l'hôtel a ouvert la porte. L'homme de la réception avait préparé la carte magnétique qui fait office de clé, avant même que je n'atteigne le comptoir. Depuis huit mois, il me voyait chaque semaine, il me connaissait ; il savait que je retrouvais une femme, mais il avait le bon goût de ne pas m'adresser de regard entendu. J'ai payé la chambre (c'était mon tour, Dana avait payé le mois dernier).

J'aime aller à l'hôtel sans bagages. Cela me donne une impression d'aventure civilisée et sans danger. Habituellement, je mets une chemise et des sous-vêtements dans ma sacoche, mais là, j'avais été trop troublé par l'annonce du coma de Fata Okoumi pour y penser.

Arrivé dans la chambre, j'ai commandé une bouteille

de vin rouge. Après avoir suspendu mon manteau dans la penderie, j'ai défait le couvre-lit et l'ai rangé dans le placard. D'une certaine manière, je me sentais ici chez moi, plus chez moi que dans mon propre appartement. J'y étais délassé et en confiance. Comme à chaque fois, j'ai détaché le tableau que ni Dana ni moi n'aimions ; je l'ai mis par terre, tourné contre le mur. J'ai sorti un livre de ma sacoche et je l'ai posé sur la table.

On a frappé. Mon cœur ne bat pas plus fort quand Dana arrive (je suis toujours le premier). Et c'est tant mieux. Tout de même, cela faisait quinze jours que nous ne nous étions pas vus et ma peau réclamait sa peau. Je suis allé ouvrir la porte d'un pas plus rapide que d'habitude.

C'était un garçon d'étage avec la bouteille de vin et deux verres. Le parfum et la couleur m'ont réjoui. Une fois seul, je me suis allongé sur le lit. J'ai repensé à Fata Okoumi, à ses enfants.

J'ai l'impression que chaque rencontre nous contamine. Nous passons notre vie à tomber malade. La discussion avec les enfants de Fata Okoumi avait laissé des traces en moi. Leur présence, la tessiture de leur voix et leur émotion contenue, tout cela m'avait marqué. Je pouvais toujours me dire que je ne faisais que mon travail, que je suivais l'ordre du maire. En vérité, cela comptait pour moi. J'étais sentimentalement engagé. Ma rencontre avec Fata Okoumi, l'inexplicable proximité que j'avais ressentie, ainsi que la nature du crime qui avait été commis à son encontre, expliquaient mon attachement. Il ne s'agissait pas de parler à un maire d'arrondissement ou de prendre un café avec le spécialiste des roses du Jardin des Plantes. J'étais contaminé et heureux de l'être.

Et puis surtout, j'avais un but : trouver une façon de respecter et de réaliser (c'est-à-dire commencer par le rendre réaliste) le vœu de Fata Okoumi. Je laissais venir à moi les images, les idées, je faisais des rapprochements, des liens entre ce que j'avais lu sur Fata Okoumi, les paroles que nous avions échangées et ses enfants. C'est un processus qui est proche de l'association libre que l'on exerce en psychanalyse. Ainsi, des idées surgissent auxquelles on n'avait pas pensé.

Trouver n'est pas difficile. Notre esprit résiste, la réalité résiste, c'est bien normal, tout va être chamboulé. Mais la persévérance permet toujours la naissance d'une solution (ou de quelque chose que l'on appellera solution – c'est parfois une simple question de vocabulaire). C'est un axiome que je vérifie tous les jours. Changer le monde dont nous avons hérité, refuser de le considérer comme un monument, cela ne va pas sans une terrible peur et la conscience de commettre un sacrilège. C'est contre ce sentiment qu'il faut se battre.

Allongé sur le dos, je contemplais le plafond. En m'aidant de la pointe de mes pieds, je me suis débarrassé de mes chaussures qui sont tombées par terre. J'ai fermé les yeux. Je me suis souvenu des soirées que je passais, il y a quelques années, au musée de la Magie près de l'Hôtel de Ville, à admirer l'incroyable collection d'objets et de matériel de prestidigitation. Toutes les heures, il y avait un spectacle. Serrés sur les minuscules gradins, nous étions tous émerveillés par le don du magicien. Je suis persuadé que nous avons la même chose dans nos têtes; nous possédons les moyens de faire disparaître et apparaître, les instruments pour trafiquer la réalité.

Ma rêverie a cessé. J'ai rouvert les yeux et me suis levé. Mécaniquement, j'ai pris une gorgée de vin, alors que j'attends toujours l'arrivée de Dana pour commencer. J'ai reposé le verre et reversé du vin dedans pour en égaliser le niveau.

Une idée était en train de naître. Elle se dessinait comme les côtes d'une terre nouvelle espérée par un navigateur. Peu à peu, elle est apparue avec netteté. Je l'ai contemplée et jaugée, j'en ai estimé les contours; et j'ai décidé que oui, ça pouvait marcher. J'avais quelque chose à proposer aux enfants de Fata Okoumi et j'espérais que ma proposition survivrait à son énonciation. Il y a des idées qui paraissent excellentes à l'intérieur de notre crâne, mais qui, une fois dites à voix haute, se révèlent dans toute leur absurdité.

J'étais tout excité. Et c'est en plein cœur de cette joie

que je me suis rendu compte que Dana n'était toujours pas là. Elle n'avait jamais plus de dix minutes de retard et je l'attendais depuis une demi-heure. La semaine précédente déjà, elle m'avait envoyé un texto pour me prévenir d'un empêchement. J'avais pris un bain et m'étais endormi.

Ma première pensée a été : il lui est arrivé quelque chose. Ce pessimisme s'expliquait par la couleur dramatique des derniers jours. La tragédie était survenue dans mon environnement, je la savais donc possible (de manière irrationnelle, je craignais une contagion). Je me suis levé du lit. Le pire assaillait mon esprit. Un accident, une maladie subite. Pour la première fois j'imaginais Dana en dehors de cette chambre. Je l'imaginais chez elle, glissant en sortant de sa douche, dans un bus accidenté, à l'hôpital. Devais-je l'appeler ? Nous ne nous téléphonions jamais. Il n'y en avait pas eu besoin, nos rendez-vous suivaient toujours la même routine.

Plein d'appréhension, j'ai composé son numéro. Qu'elle m'explique qu'elle était malade, qu'elle avait une obligation professionnelle. Elle a décroché. Je lui ai demandé si tout allait bien. Elle a dit oui. J'étais rassuré. Je me suis assis sur le lit.

Elle a ajouté, « Je veux passer à autre chose. »

Je n'ai pas compris tout de suite ce que cela signifiait, mais j'ai répondu que je comprenais.

Elle m'a dit au revoir.

Une dizaine de secondes ont été nécessaires pour que je prenne conscience que Dana avait mis fin à nos rendez-vous hebdomadaires.

J'étais pris de court. La chambre m'a semblé trop petite, je m'y sentais oppressé. J'ai ouvert la fenêtre. Le froid s'est plaqué contre mon visage. La vie à l'extérieur, les voitures, les quelques passants, les guirlandes, les appartements illuminés m'ont remis les pieds sur terre. J'ai refermé la fenêtre. Retour à la réalité. J'étais expulsé du cocon.

J'ai tout de suite supposé qu'elle avait rencontré quelqu'un. Notre histoire avait été une propédeutique à l'amour, elle avait préparé Dana à faire la connaissance d'un homme avec qui le couple serait envisageable. Je savais que cela arriverait un jour. J'ai décidé que j'étais heureux pour elle. Cela voulait sans doute dire qu'il était temps pour moi d'envisager une histoire réelle.

Je n'ai pas touché aux deux verres de vin. Je suis allé chercher celui de la salle de bains et me suis servi. Une demi-heure plus tard, j'avais terminé la bouteille, ainsi que trois mignonnettes de whisky. Je me suis couché. Le sommeil a tardé à venir.

Le vide dans le lit était immense. J'ai écarté les bras. Il me débordait. Il mangeait toute la pièce.

Nous nous étions réconfortés des mois durant. Nous avions maintenant assez de force et de douceur en nous pour aimer quelqu'un d'autre. Je me le suis répété : tout cela n'avait pas été vain. Mais je ne pouvais nier une certaine déception. Nous aurions pu prendre un verre et en parler. Un simple coup de téléphone, c'était trop sec.

Je n'ai pas débarrassé les deux verres de vin qui se faisaient face sur la table.

Je me suis réveillé en pleine forme et alerte à six heures du matin. Je n'ai pas pris de petit déjeuner, j'avais des choses à faire avant de présenter mon idée à Salif et Marie ; comme un magicien devant réunir le matériel permettant d'exécuter le tour imaginé.

Je regardais la ville défiler à travers la vitre du taxi. Dana ne me manquait pas. J'avais guetté la manifestation d'une souffrance, car j'avais eu peur de m'être, malgré moi, attaché. Ce n'était pas le cas. La parenthèse s'était fermée. La vie continuait. Dana était un joli souvenir, chaleureux et réconfortant. Nous nous étions donné tout ce que nous pouvions nous donner. Je ne ressentais pas les affres d'une séparation, car nous n'avions pas eu une véritable relation. Jusqu'au bout nous avions été fidèles à la douceur promise.

L'Hôtel de Ville était fermé. Mais je connaissais le gardien et les vigiles en poste. Il y a toujours quelqu'un, les urgences ne sont pas rares. Le maire, son équipe, peuvent devoir venir très tôt le matin, partir très tard le soir. Si j'étais venu à l'aurore, c'était pour ne pas croiser quelqu'un qui me connaîtrait et voudrait discuter. Cela ne regardait personne. C'était devenu une affaire personnelle et précieuse, fragile, qui demandait qu'on la préserve de ceux qui n'y verraient qu'une occasion de ragots. J'ignorais qui était au courant de quoi. Je n'avais rien dit à Rose et Édouard. Le maire ne racontait pas tout à ses collaborateurs. Et j'aurais parié qu'il préférait que cette histoire de disparition de Paris ne s'ébruite pas. Ç'aurait été pain bénit pour l'opposition. Personne ne savait. Forcément, on avait noté mon absence. On avait remarqué que je n'avais pas posé de jours de congé. Mais je n'avais pas un poste assez important pour que les questions à mon sujet aillent bien loin. Rose et Édouard se doutaient que je devais travailler sur l'affaire Fata Okoumi, mais ils n'avaient aucun moyen de savoir ce qui se passait vraiment. Ils devaient m'imaginer m'échinant à un travail de relations publiques.

Le sapin de Noël se dressait dans la salle de réception plongée dans la pénombre, la solitude et le silence. Sa pointe se pliait contre le plafond. Son parfum a fait apparaître dans mon esprit des images de feu de cheminée, de cadeaux, de rires d'enfants.

Je suis entré dans mon bureau et j'ai allumé mon ordinateur. Face à l'écran, sans m'asseoir, j'ai tapé quelques mots sur le moteur de recherche et trouvé l'objet de ma quête. J'ai lancé l'impression. L'horloge du bureau indiquait sept heures. Je trépignais. J'avais envie de me précipiter à l'hôtel de Salif et Marie pour leur dévoiler ma trouvaille. Ma trouvaille qui résoudrait tout.

Mais il était trop tôt pour les déranger.

J'ai éteint mon ordinateur et la lumière. Je suis sorti. J'aurais dû prendre un petit déjeuner, mais l'excitation me coupait l'appétit. Pour ne pas tomber sur des informations concernant Fata Okoumi, j'ai acheté une pile de magazines de voyages et je me suis installé devant un café dans une brasserie de la rue du Temple.

Il était neuf heures et une certaine animation régnait déjà dans l'hôtel. Les chariots passaient du hall aux taxis, des taxis au hall.

Le Marriott appartenait à la même catégorie luxueuse que celui que j'avais fréquenté avec Dana. Mais sa situation géographique ne le destinait pas au tout-venant des touristes, surtout intéressés par le centre de Paris. Les amateurs éclairés du quartier (du parc Montsouris, de la fondation Cartier, des catacombes) y descendaient. Mais la plupart des clients étaient des hommes et des femmes d'affaires. Les Chinois en constituaient un bon quart (Chinatown était à deux pas, ses commerces, ses familles expatriées).

Des grooms s'affairaient autour d'une montagne de valises. Je me suis demandé si les enfants de Fata Okoumi avaient des gardes du corps. Tandis que je m'avançais vers la réception, j'ai cherché, derrière l'apparence commune, des hommes qui pourraient en être. Sans succès. Les hommes d'affaires ressemblaient à des hommes d'affaires et les touristes à des couples et à des familles.

Le jeune homme de l'accueil a appelé la suite de Salif et m'a annoncé. Un groom m'a accompagné. Nous avons pris l'ascenseur. Le large couloir du troisième étage était éclairé par des carrés translucides au plafond. Le groom s'est arrêté devant la porte 340. Il m'a laissé sans attendre que je lui donne un pourboire. Tant mieux, je déteste ces moments, j'ai toujours l'impression que je ne donne pas assez, alors même que je ne veux rien donner.

J'ai frappé. Il n'y a pas de sonnette aux portes des chambres d'hôtel. La raison m'en échappe. Ce n'est pas une question de taille, cette suite était sans doute bien plus vaste que mon appartement. Salif m'a ouvert. Nous nous sommes serré la main avec une certaine chaleur. La suite s'ouvrait sur un salon. Décoration contemporaine, meubles pleins d'angles dans des teintes rosées, moquette tirant sur le violet. Tableaux hideux et signés. Deux ordinateurs portables étaient ouverts sur la table. Celle-ci était couverte de classeurs et de documents empilés. À même le sol s'étalaient des boîtes en carton pleines de papiers. Manifestement Salif avait établi son bureau ici. Je me suis dirigé vers Marie, assise à table devant son petit déjeuner, pour la saluer. Elle ne m'a pas regardé et m'a proposé du café. Je l'ai remerciée.

Nous avons échangé des politesses d'usage. Je me suis

enquis de l'état de santé de leur mère. Il n'y avait rien de neuf, ce qui n'augurait rien de bon.

J'ai bu une gorgée de café, puis j'ai dit que j'avais quelque chose à proposer. Salif a arrêté ma main qui plongeait dans ma sacoche. Il avait réservé une salle où nous serions plus à l'aise pour discuter.

La salle était située au huitième et dernier étage. Les fenêtres donnaient sur le jardin de l'hôtel. Au loin, on apercevait les plus hauts bâtiments de l'hôpital du Val-de-Grâce. La pièce faisait environ vingt mètres de long sur dix de large. En son centre, une table en bois et des chaises autour, dans un coin, des ramettes de papier. Un tableau blanc sur pieds devait servir à des présentations, à des exposés. Se retrouver à trois dans une salle prévue pour dix fois plus de monde était étrange. Il n'y avait pas de plante, pas de décoration, rien à boire ni à manger. J'ai posé mon sac au pied du tableau. Salif et Marie se sont assis à la table, leur chaise tournée vers moi.

J'ai sorti les feuilles imprimées. C'étaient de grands formats. Je les ai dépliées et, au moyen d'aimants, les ai fixées au tableau. Je me suis écarté pour laisser Salif et Marie regarder.

C'était une reconstitution miniature de Paris, construite par un passionné un peu fou. Une immense maquette située dans le Sud de la France, en pleine campagne. Un agrandissement de la photo que j'avais trouvée sur Internet.

Seuls les arrondissements assez centraux et au bord de la Seine y sont reconstitués. Les visiteurs s'y baladent et en admirent les détails.

« C'est un parc d'attractions ? » a dit Salif.

J'ai hoché la tête. Il était circonspect. Sa sœur, elle, avait le visage plissé de colère.

« Vous nous prenez pour des enfants ? » a dit Marie sèchement.

Non. C'était moi. Moi qui étais un enfant. J'imagine que c'est pour cette raison que les gens comme moi se contentent d'écrire et laissent à d'autres le soin d'agir. J'ai des idées, certaines peuvent être bonnes, mais je n'ai pas une réflexivité suffisante pour en juger. Je savais que je faisais fausse route, pourtant j'ai continué ma présentation. J'ai expliqué que nous pourrions nous aussi reconstruire un modèle réduit de Paris, et le détruire. J'ai écarté les mains pour figurer une explosion. Je m'étais renseigné, des terrains étaient disponibles dans l'Essonne. Si nous y mettions suffisamment de personnes, si le créateur du Paris miniature supervisait les travaux, une maquette serait prête rapidement. Nous pourrions la livrer aux flammes.

Salif et Marie me regardaient avec effroi. J'ai rougi, je crois. Je me suis senti comme un enfant perturbé, irresponsable, délirant. Face à moi les enfants de Fata Okoumi incarnaient la retenue et la tempérance. D'un coup, mon corps a faibli. L'excitation remplacée par l'angoisse, ajoutée au fait que je n'avais pas mangé le matin, m'a fait vaciller. J'ai posé les mains sur la table. Le ridicule et la folie de ma conduite me cinglaient.

« Vous ne croyez pas qu'il y a eu assez de violence ? » m'a dit Salif, haussant légèrement les sourcils.

Et je proposais d'en ajouter. Brûler la reproduction de Paris, ce n'était pas brûler une simple maquette. Inconsciemment, je le savais, mais je n'avais pas voulu y réfléchir. Je n'avais pas pensé aux conséquences, à ce que dirait la presse, à l'impact que cela aurait, aux idées que cela donnerait aux fanatiques.

Quand Fata Okoumi avait dit qu'elle voulait faire disparaître Paris, elle l'avait dit avec douceur, elle avait fait ce geste de la main, comme si elle retirait un tissu lors d'un spectacle de magie. C'est à cela qu'il fallait être fidèle.

Je me suis retourné et j'ai décroché les feuilles. Je les ai glissées derrière le tableau. J'ai dit que j'étais désolé. J'étais honteux comme je ne l'avais jamais été. Honteux de cette idée, honteux de mon arrogance.

Salif a dit, « Ce n'est pas grave. »

Pour justifier un peu la catastrophe de ma présentation, j'ai dit que je n'avais pas mangé depuis la veille. L'excuse était pathétique.

Salif a décroché le téléphone et demandé que l'on me monte un petit déjeuner.

« Il faut que l'on discute, a dit Marie. Asseyez-vous. »

Je m'attendais à des réprimandes. Je les méritais. Ou, plus sûrement, à être congédié. Je n'avais pas été à la hauteur.

Marie a poursuivi, « Nous voulons faire quelque chose dont notre mère serait fière. Elle va peut-être mourir et je refuse d'apporter ma contribution au néant. »

La fidélité de ces enfants envers leur mère était émouvante. Mon idée m'a paru encore plus terrible. Elle me blessait.

Je leur ai dit que je n'étais pas la bonne personne, qu'ils avaient besoin de quelqu'un d'habitué à ce genre de missions, quelqu'un de compétent.

« Nous ne sommes pas inquiets, a répondu Salif. Le maire vous estime, il considère que vous êtes plein de ressources, et notre mère vous apprécie. Cela nous suffit. »

Il a posé sa main sur la table devant moi et l'a retirée pour laisser apparaître une carte magnétique.

« Nous vous demandons d'emménager ici. Ce sera plus pratique. »

J'ai pris la carte. Je l'ai tournée et retournée entre mes doigts. Pourquoi pas ? Je n'avais pas de famille, pas de compagne, pas d'obligations. Leur confiance me touchait. J'ai dit, « D'accord. »

Marie m'a conseillé de me reposer. Salif et elle sont sortis.

J'ai quitté l'hôtel après avoir mangé le petit déjeuner commandé par Salif. J'avais passé le temps de ce repas face au tableau blanc comme face à un écran de cinéma, mais avec la terrifiante angoisse de savoir que c'était de mes yeux que devaient venir les images. Et je ne voyais rien.

Je ne serais plus bon à rien ce matin. J'avais besoin de m'aérer. J'ai pressé le pas jusqu'au métro. La neige avait disparu. Un léger adoucissement avait suffi à l'emporter.

Le maire, Salif et Marie semblaient trouver naturel que je sois en charge de cette histoire pour la seule raison que Fata Okoumi m'avait «apprécié». C'était tout autre chose que mon travail habituel. Je passais du stade de commentateur à celui d'acteur. Cette position ne me mettait pas à l'aise, mais, sans avoir jamais rien fait pour y accéder, j'en avais toujours rêvé. J'avais souvent été frustré d'observer et d'écrire sur les actions des autres, alors même que j'avais ma propre vision des choses. J'en avais pris mon parti. Maintenant, mes mots auraient des conséquences bien plus importantes que l'ouverture d'une crèche. Jusqu'à présent j'avais écrit sur commande. Aujourd'hui, la commande était vague; je n'avais qu'une phrase comme point de départ. Il me restait à me livrer à son exégèse. Ce n'était pas la peur de l'impuissance de l'imagination face à la réalité qui m'effrayait, mais tout le contraire, sa puissance effective.

Des années durant je m'étais débrouillé pour ne jamais écrire de discours proprement politiques. Rose et Édouard, et d'autres en raffolaient. Pas moi. La langue est une magie terrifiante; je savais trop avec quelle efficacité j'aurais pu la mettre au service d'une politique. Que cette politique me soit sympathique (et démocratique) ne me gênait pas moins. C'est pourquoi j'avais préféré m'attacher à des sujets anodins concernant la gestion quotidienne de la municipalité.

Le pouvoir réside dans le langage, car il dessine le monde, il forme nos perceptions et cornaque notre pensée. Je me trouvais en situation de l'utiliser pour faire quelque chose de réel et d'important. J'étais à la fois terrifié et impatient, enthousiaste et apeuré. Et puis, je n'effectuais pas simplement une mission auprès de Fata Okoumi et ses enfants, cette histoire comptait pour moi et cela me déstabilisait.

Je crois que l'on ne rencontre vraiment que des gens que l'on peut imaginer; c'est-à-dire qui sont proches de nous. Mon implication dans cette aventure n'était pas un hasard. Au même titre que la fiction, le réel obéit à des lignes narratives: si j'étais proche de la famille Okoumi, s'ils m'avaient choisi, si nous nous entendions, c'est qu'il y avait des raisons profondes à cela. Des raisons qui ne nous seraient sans doute jamais accessibles, mais qui nous guidaient.

J'ai levé les yeux. Métro Pasteur, c'est-à-dire au milieu de nulle part, dans le désert du XVe arrondissement. Je n'avais pas prêté attention aux stations. Je n'avais pas pensé à une destination. J'avais seulement souhaité m'éloigner. Pas question de traîner ici, dans ce no man's land d'ennui et de conformisme. J'ai changé en direction de Porte de la Chapelle ; ainsi je traverserais tout Paris, du sud au nord. Je n'avais pas de but. Je voulais faire quelque chose pour me laver de mon idée de mauvais génie et je ne savais pas quoi.

Je suis descendu à Pigalle. Je ne connais pas ce quartier, et au bout de quelques mètres, j'ai constaté que les clichés à son propos n'étaient pas entièrement faux. Les sex-shops et les bars à entraîneuses n'ont pas encore été mangés par les banques et les boutiques bio. Sans chercher, j'ai trouvé ce pourquoi j'étais venu : des magasins d'instruments de musique. Je me suis rappelé une chose que m'avait dite Fata Okoumi. En me demandant si je jouais d'un instrument de musique, elle avait réveillé un vieux désir dont j'avais fait le deuil.

J'ai hésité devant plusieurs magasins. Je suis passé et repassé devant les vitrines pleines de cuivres et de guitares. J'avais peur du jugement du vendeur, de son assurance, de son professionnalisme. Je me sentais empêtré dans mon désir et ma honte de commencer si tardivement. On apprend la musique enfant ou adolescent. Il me semblait que j'avais un âge ridicule pour acheter mon premier instrument. Je me sentais grotesque. Et puis le vendeur me poserait des questions, il me demanderait si je jouais seul, en groupe, et depuis combien de temps.

Je suis entré, mal à l'aise. Quand j'ai révélé ma qualité de novice au vendeur, il ne s'est pas moqué. Au contraire, il m'a félicité. Il m'a présenté des trompettes, en a joué pour me faire entendre leur sonorité. Il m'a incité à les prendre et à les essayer.

J'ai acheté une trompette, une sourdine et un étui. J'étais fier comme un enfant et, en même temps, je comprenais que c'était une sorte d'acte expiatoire et cathartique : j'avais voulu effacer mon idée de destruction en achetant une belle chose. Je suis sorti de la boutique. La matinée était passée. J'ai trouvé que l'étui m'allait bien, on pouvait penser que j'étais un vrai musicien.

J'ai marché jusqu'à un restaurant espagnol. J'ai commandé du jambon en entrée, suivi d'une fabada. Il y avait peu de monde. Des danseuses succinctement habillées et pas démaquillées, des employés des commerces alentour.

À Paris, il y a deux sortes de personnes. Celles qui mangent toujours dans les mêmes restaurants et celles qui en changent.

J'appartiens à la deuxième catégorie. Je peux toujours me dire que j'aime découvrir de nouveaux lieux, de nouveaux plats. En fait, je pense que cela me permet de ne pas devenir un habitué, de ne pas être connu des serveurs.

La fadaba était bonne, épicée et grasse, elle m'a réchauffé et redonné de l'énergie. J'ai passé le repas à contempler l'étui qui contenait la trompette. Sans Fata Okoumi je n'aurais pas été là, je n'aurais pas satisfait ce petit désir. J'aurais aimé la mettre au courant. Je l'ai imaginée dans sa chambre, plongée dans le coma, et cela m'a ému. Je n'en revenais pas de lui avoir parlé, d'avoir sympathisé avec elle, de l'avoir vue si riante, si vivante; et maintenant sa vie ne tenait qu'à un fil.

En sortant je me suis dirigé vers la station de taxis. J'allais aller la voir à l'hôpital, c'était décidé. J'aurais dû le faire depuis longtemps.

Tandis que le taxi roulait en direction du Vᵉ arrondissement, je serrais l'étui contre moi. Quand j'ai vu se profiler l'hôpital du Val-de-Grâce, j'ai compris que c'était absurde. On ne me laisserait pas entrer. Et au cas où je réussirais à être admis dans la chambre de Fata Okoumi, je me voyais mal parler de ma trompette. Décidément, j'avais du talent pour les idées inappropriées. J'ai dit au taxi de se diriger vers la Butte-aux-Cailles. Le repas avait été trop lourd, je me sentais nauséeux.

Il fallait que je prenne des affaires pour les quelques jours que j'allais passer à l'hôtel.

Je suis monté sur une chaise pour attraper le sac de voyage en haut du placard de ma chambre. Une couche de poussière s'était déposée. J'ai éternué. Mon dernier voyage remontait à une éternité. Je n'aime pas voyager. On dit que l'on part en vacances, mais en fait on quitte la ville dans laquelle on vit. C'est une perte momentanée du familier plus que la découverte d'une autre ville.

Le sac contenait un plan d'Helsinki, des tickets de musées, une plaquette de médicaments, des coquillages, un fossile. J'ai posé le fossile sur une enceinte et vidé le sac au-dessus de la poubelle. Je ne savais pas combien de temps je resterais à l'hôtel. Pas plus de quelques jours, supposais-je. J'ai pris des sous-vêtements et des chemises, une paire de baskets.

Je m'en voulais toujours de cette idée de modèle réduit de Paris que l'on aurait détruit. J'avais ainsi laissé entendre à Salif et Marie que je leur prêtais (ainsi qu'à leur mère) une satisfaction dans la violence.

Et je m'étais dévoilé.

L'expression de la violence n'est pas anodine. Toutes les tentatives de rationalisation n'effaceraient pas ce fait : cette idée venait de moi, elle était née de mon cerveau, des entrecroisements de ma conscience et de mon inconscient.

Fata Okoumi avait dit qu'elle voulait *faire disparaître* Paris. « Détruire » était bien moins polysémique.

Dans le désir que j'avais attribué bien rapidement à Fata Okoumi se dissimulait mon propre désir. Je ne savais pas ce que cela signifiait. Certes j'avais envie de changer beaucoup de choses à Paris, mais, évidemment, pas ainsi. Si j'en avais le pouvoir, je commencerais par éliminer le périphérique, ce boulevard à double sens qui encercle Paris, l'enferme et l'isole de la banlieue. Ensuite je construirais des logements sociaux pour stopper l'hémorragie des classes populaires. Je créerais des jardins et des parcs. Oui, sans doute, avais-je le secret désir de me débarrasser de ce que je n'aimais pas à Paris. Je voudrais qu'elle soit la ville parfaite. J'ai tort. C'est le meilleur moyen d'être perpétuellement déçu et insatisfait.

Pour des raisons qui m'échappaient, la mission que j'effectuais auprès de la famille Okoumi résonnait en moi. Passé un moment de découragement, je n'étais pas mécontent de continuer à chercher une manière de respecter la volonté de Fata Okoumi. Quand les choses sont trop simples, il y a un truc qui ne va pas. Cela n'a pas de sens d'acheter des fraises en hiver si on en voit partout. La rareté induit l'importance. J'allais trouver une idée dont les enfants de Fata Okoumi pourraient être fiers. Une idée moins bêtement littérale.

J'ai ajouté quelques livres dans le sac de voyage avant de le fermer. Après une série d'éternuements, j'ai avalé un antihistaminique avec un verre d'eau. Allergie à la poussière.

Le taxi que j'avais commandé est arrivé. Le chauffeur a mis mon sac dans le coffre. J'ai gardé la trompette avec moi. Mon quartier s'effaçait dans la vitre arrière de la voiture. J'avais mal au ventre, exactement comme lors de mes précédents (véritables) voyages. Les déplacements ont un goût de séparation, c'est sans doute pour cela que je les redoute.

Le trajet a duré cinq minutes. C'était sans conteste le plus petit voyage que j'aie jamais entrepris. Devant l'hôtel, un groom a pris mon sac et m'a conduit à ma chambre. C'était au huitième étage, l'étage de la salle de réunion. J'ai rangé mes chemises et mes sous-vêtements dans les tiroirs. J'ai mis mes chaussures de sport dans la penderie. J'ai appelé la réception pour que l'on me monte un café et le journal. Que l'on pose le plateau devant ma porte, j'allais prendre une douche.

Le jet de la douche dans les hôtels est puissant, il frictionne et délasse. J'ai vidé le flacon de shampoing et celui de savon liquide. J'étais couvert de bulles et de parfum.

Sitôt ma douche prise, j'ai ouvert la porte pour prendre le plateau. Je me suis installé en tailleur sur le lit, le dos contre le mur. Les rideaux étaient ouverts. Ma chambre donnait sur le boulevard, la cime des arbres dénudés effleurait le ciel gris. J'ai rempli la tasse et déplié le journal.

La civilisation, telle que je l'entends, repose sur le café et les journaux, et leur parfum. En particulier, j'attache une grande importance à la fine écume à la surface du café. Je ne bois du thé que lorsque je ne travaille pas, le café est associé au labeur. Quant au journal, peu importe lequel, je le survole. Les feuilles se froissent entre mes mains, les doigts se tachent d'encre. C'est un rituel.

Je n'ai pas réussi à me concentrer sur les nouvelles du jour. D'autres pensées se juxtaposaient en lieu et place des articles.

Ma chambre avait à peu près la même taille que celle de l'hôtel où je retrouvais Dana. La fin de notre relation surgissait en moi de temps à autre. Je me suis rappelé mon attente de la veille, je me suis rappelé que, craignant qu'elle ait eu un accident, je m'étais pour la première fois représentée Dana en dehors de cette chambre d'hôtel. L'espace d'un instant, j'ai eu envie de la voir dans un autre lieu, un autre jour que le mercredi soir. Il était trop tard. La chambre que nous prenions me paraissait maintenant comme une cellule de prison. Comme si j'avais voulu tenir quelque chose enfermé. Aujourd'hui la chambre n'existait plus. Dana était libre. Je l'imaginais faisant des courses, marchant dans la rue, dans le métro, sa main repoussant ses cheveux derrière ses épaules, son adorable tic de se toucher le bout des incisives avec le doigt. Elle me manquait. Pas douloureusement. Simplement son absence m'accompagnait. Peut-être que la douleur viendrait plus tard. Cela ne m'aurait pas étonné. Je n'étais pas malheureux, pourtant. Mais je me le disais trop souvent pour que cela ne soit pas un peu suspect.

Je me suis rendu dans la salle de réunion de l'autre côté du couloir. J'avais une carte d'accès. La table du petit déjeuner n'avait pas été débarrassée. Au contraire de tout le reste de l'hôtel, ici le bazar survivait. Cela donnait de la chaleur et de la convivialité à l'endroit. J'ai pris mon carnet de notes et mon stylo, et me suis installé à la table. J'ai écrit la phrase de Fata Okoumi.

La disparition de Paris.

De ces mots allait surgir la solution.

Je possède une faculté très utile : il suffit que je regarde un mot pour le rendre fécond. D'autres mots naissent et donnent eux-mêmes naissance à de nouveaux mots. Un jour, j'ai vu un documentaire sur la reproduction cellulaire, la méiose, et cela m'a fait penser au fonctionnement de mon esprit.

De chaque mot (la / disparition / de / Paris) j'ai tracé une flèche à la pointe de laquelle j'ai écrit un nouveau mot. Au bout de dix minutes, la page était recouverte de concepts, d'adjectifs, de noms. *La disparition de Paris* se transformait. Mon cerveau synthétisait et condensait toutes sortes d'éléments disparates. Des formes se faisaient jour.

Pour la première fois, j'ai pris conscience de la nature de Paris qui, pour grandir, n'a jamais cessé de disparaître. Cette concomitance de la perte et de la création est troublante mais, c'est la règle. Un embryon humain est sculpté par la mort des tissus inutiles ; la destruction cellulaire dessine ses doigts, son nez, sa bouche, en faisant s'effondrer des myriades de cellules. Comme une disparition positive.

J'ai visualisé les fresques de l'Hôtel de Ville sur lesquelles l'histoire de Paris est représentée. La question revient sans cesse dans les discussions au conseil municipal : conserver la ville, ses bâtiments, sa forme, tout en la faisant évoluer. Rester fidèle au passé sans s'y enfermer. Grandir, c'est se détruire au bénéfice de nouvelles constructions.

La phrase de Fata Okoumi ne m'apparaissait plus nécessairement comme quelque chose de terrible.

J'ai pris le marqueur rouge et j'ai commencé à dessiner Paris sur le grand tableau blanc. Je ne suis pas un bon dessinateur. En m'aidant de mon plan par arrondissement, cela m'a demandé une heure pour tracer les grandes lignes : la Seine, le canal Saint-Martin, les monuments, les principales rues et avenues, le bois de Boulogne, le bois de Vincennes, les jardins et les parcs. Je me suis reculé pour juger mon travail. Je ne gagnerais pas un prix de dessin, mais c'était ressemblant.

Bon et maintenant? J'avais la tête pleine d'idées et de formules, sans réussir à en tirer quelque chose d'applicable qui pourrait effectivement servir. Comme si j'avais de très bons ingrédients, mais pas de recette pour cuisiner un plat. Mes divagations intellectuelles étaient plaisantes, pourtant je n'avais pas le sentiment d'avancer.

Le découragement ne me fait pas peur. C'est une étape du travail, et rien d'autre, une étape à passer pour accéder à la solution.

J'ai relu mes notes. Rien ne venait. J'ai vidé le pot de café du matin dans la tasse et me suis assis sur la table. Pendant plusieurs minutes je n'ai rien fait d'autre que de boire de petites gorgées de café froid. J'ai pensé à tout et à rien, j'ai laissé mon esprit vagabonder. Enfin je me suis levé et rapproché du tableau.

À peu près au niveau de la place du Palais-Royal, là où est censé s'élever l'hôtel où Dana et moi nous nous retrouvions, j'ai passé mon doigt sur le trait rouge pour l'effacer. Cette petite marque blanche symbolisait le vide laissé par Dana.

Tout est devenu clair.

J'ai décroché le téléphone et composé le numéro de la suite de Salif.

Ils ont frappé pour s'annoncer et sont entrés.

Les enfants de Fata Okoumi ont une certaine manière de bouger, de marcher et d'être dans leurs vêtements comme si ceux-ci étaient une excroissance de leur personne. Je ne vois pas d'autre mot que celui de « grâce » pour décrire ce mélange de présence et de nonchalance. Même avec tout le talent de Valdo, mon tailleur, je ne produirais jamais cet effet.

Marie a froncé les sourcils quand elle a vu mon dessin. Elle s'est assise. Salif est resté debout. Depuis le début Marie montrait de la distance, peut-être même de la défiance à mon égard, alors que les rapports avec Salif avaient tout de suite été simples.

Contrairement à ma précédente tentative, je n'étais pas fébrile. J'ai commencé par montrer la petite encoche dans le dessin de Paris. J'ai parlé calmement.

Doucement, tout doucement, je leur ai dit, « Faisons

disparaître une petite partie de Paris. Je pensais à un bâtiment, par exemple.»

Pour ne pas qu'ils pensent que j'étais en train de planifier un nouveau 11-Septembre, je me suis empressé d'expliquer que des immeubles étaient détruits tous les jours à Paris. C'était commun. Il suffisait d'aller au service de l'urbanisme au deuxième étage de l'Hôtel de Ville pour tomber sur des plans de réaménagement de quartiers, croiser des architectes et des maîtres d'œuvre. Une ville n'est jamais terminée. C'est un patient qui, depuis le jour de sa naissance, n'a pas quitté l'hôpital. On détruit, on reconstruit, on consolide, on modifie le tracé d'une avenue, on élève un monument, on fait sortir un musée de terre, on ouvre un jardin public, on monte des échafaudages pour ravaler une façade, on prolonge une station de métro, on transforme un terrain vague et on y dresse des tours. Tous les jours. Dans tous les arrondissements. Alors, qu'un immeuble soit détruit, personne n'y verrait un autre sens qu'une opération de travaux publics. C'était à la fois important et discret, au grand jour et caché.

J'ai conclu en disant, «Le vide restera. Il sera plus fort qu'un monument, plus marquant, et, par nature, indestructible. C'est du vide qu'il faut créer.»

Marie s'est levée et s'est approchée du tableau. Elle a passé son doigt là où le vide était présent. J'ai pensé, Mon Dieu ils doivent croire que je suis mégalomane, que j'ai la folie des grandeurs, et peut-être ont-ils raison. Elle s'est retournée vers son frère. Ils ont échangé un regard, un léger mouvement de tête. Ils m'ont demandé de sortir quelques instants.

Une femme de chambre poussait son chariot dans le couloir. J'avais l'impression d'être un mauvais élève expulsé de cours. J'ai examiné mon idée. Certes, il y avait encore une destruction, mais elle était minime. Je pensais avoir résolu le problème, mais il n'était pas sûr qu'ils partagent mon opinion.

Marie a ouvert la porte. Je suis entré.

Elle s'est adressée à moi sur le ton un peu hautain qui est le sien, « Votre idée est excessive. Mais ce que nous vivons en ce moment l'est aussi. Alors... »

Salif a dit, « Faisons ça. »

Ils approuvaient ma proposition et cela m'a fait peur. Je crois qu'une partie de moi espérait qu'ils m'arrêteraient, qu'ils téléphoneraient au maire pour lui demander de m'interner. Je les ai prévenus (le désir de les décourager n'était pas loin) que cela ne serait pas simple. D'abord il faudrait trouver un immeuble.

Salif a dit, « Nous avons des immeubles. » Comme il aurait dit, « Nous avons des assiettes. »

Il a saisi son téléphone portable pour parler dans cette langue que je ne comprends pas. De mon côté, je suis allé au fond de la pièce. J'ai sorti mon téléphone et me suis demandé si je devais prévenir le maire. Non, il était trop tôt. Attendons un peu. Fata Okoumi pouvait se réveiller avant que quoi que ce soit n'ait été entrepris.

Un homme est entré. Il s'est incliné face à Salif et Marie, puis face à moi. Il tenait une serviette en cuir qu'il a donnée à Salif. Celui-ci me l'a présenté comme l'homme de confiance de la famille.

Les deux enfants de Fata Okoumi n'étaient pas isolés à Paris. Si un homme pouvait surgir cinq minutes après un coup de téléphone avec des documents, cela signifiait qu'il résidait à l'hôtel. Et qu'il n'était certainement pas seul. J'imaginais des gardes du corps, des hommes d'affaires, des conseillers, qui sais-je encore ? Un empire attendait en coulisses.

L'urgence de la situation avait éclipsé le fait que je ne savais rien d'eux. Ils n'avaient pas cherché à paraître autrement que comme les enfants de Fata Okoumi. Pour la première fois, je me suis demandé s'ils avaient eux-mêmes des enfants. J'avais envie de mieux les connaître.

Comme s'il avait pensé la même chose (ou simplement par politesse), Salif m'a proposé de dîner avec eux.

Le dîner a été agréable. Je n'y ai été pour rien, je suis un piètre animal social. Salif et Marie n'ont eu aucun mal à animer ces deux heures passées dans une grande et calme brasserie du boulevard Saint-Marcel. Ils ont même réussi à me faire parler de moi. J'ai tenté de rester vague concernant mon travail à l'Hôtel de Ville. Je ne me voyais pas leur avouer que ma tâche habituelle consistait à écrire de simples notes pour la municipalité. Mais, par leur bienveillante insistance, ils ont réussi à me fléchir. J'avais peur que la révélation de ma modeste condition ne mette de la distance entre nous. Cela n'a pas été le cas. Ils n'ont pas trouvé ces histoires anodines. Je leur ai parlé de ma trompette aussi, du rôle qu'avait joué leur mère dans la concrétisation de cet ancien désir. Cela les a touchés. Ils m'ont parlé d'elle, et j'avais du mal à faire le rapprochement avec la dirigeante sans scrupules dont j'avais lu le portrait dans les journaux. Dans leurs gestes et leurs expressions, je retrouvais Fata Okoumi.

Je prenais conscience du lien qui unit des enfants à leurs parents.

Ils m'ont parlé de leurs études (en Suisse, ce n'était pas vraiment une surprise), de leur conjoints et de leurs enfants. Ils n'ont pas mentionné le conglomérat fondé par leur mère et qu'ils dirigeaient maintenant avec elle.

Si nous sympathisions, je n'oubliais pourtant pas que nous appartenions à deux mondes différents. Bientôt ils retourneraient en Afrique, et nous ne nous verrions jamais plus.

Le dîner s'est terminé dans une certaine chaleur.

Leur chauffeur les a ramenés à l'hôtel. J'ai préféré rentrer à pied. Je me sentais bien dans la nuit. Nous avions bu deux bouteilles de vin et je n'avais pas froid.

J'aime les lumières de Noël. Les vitrines des magasins et des restaurants sont illuminées. Des centaines de lucioles électriques multicolores forment des arcs au-dessus des boulevards et courent le long des poteaux. Celles posées par la ville sont constituées de diodes dont la consommation électrique est dérisoire. J'ai écrit un discours à ce sujet. J'étais fier de cette conciliation de l'écologie et de la féerie.

Mes pas m'ont conduit jusque devant chez moi, sur la Butte-aux-Cailles. Par réflexe, j'avais pris le chemin de mon appartement. J'ai levé la tête et regardé la fenêtre au troisième étage. Je devinais les ombres portées par le canapé, les étagères. Je ne dormirais pas là ce soir.

Un changement s'était produit en moi. Un changement qui m'avait propulsé loin, très loin de cet appartement et de la vie qui y était attachée. Je me suis rappelé mon adolescence, cette période en particulier où j'avais gagné trente centimètres en quelques mois. En quatre jours, depuis lundi, il me semblait que j'avais connu un même bouleversement. J'avais grandi, et tout en continuant à être celui que j'étais, je n'étais plus tout à fait le même. Je me libérais d'une sorte d'enfance propre aux êtres devenus adultes. Mon regard sur la nature du monde n'avait pas radicalement évolué, simplement tout devenait plus réel ; le racisme, la mort, les amis, les liens que nous tissons, tout cela avait un sens qui m'apparaissait pour la première fois avec acuité.

Le vin me désinhibait et je crois que, ce soir-là, cela me faisait gagner en lucidité. Fata Okoumi allait peut-être perdre la vie et ses enfants leur mère ; alors il m'a semblé que je devais moi aussi perdre quelque chose. Je voulais être impliqué. Mon engagement ne pouvait pas être seulement intellectuel.

Ce serait mon appartement. Ou plutôt, me suis-je repris, ce que contenait mon appartement. J'allais me séparer de tous mes biens.

Je crois que les sacrifices ont du sens. Cela ne suffisait pas de détruire un immeuble dans Paris. Cela ne me coûtait rien. C'était trop facile. Je devais payer moi-même et participer au tribut. C'était un sentiment bizarre. J'ai mis du temps à l'analyser. Je crois que je désirais assumer une part de responsabilité dans ce crime qui engageait ma ville et mon pays. L'indignation et la condamnation, ce n'était pas assez. Toute cette histoire me touchait d'une manière que je ne pouvais mieux exprimer qu'en agissant sur mon propre environnement. Il fallait que cela se voie, que ma vie soit marquée, qu'il y ait un avant et un après.

Pour l'instant, l'hôtel serait mon foyer. J'y vivrais entièrement concentré dans l'exécution de ma mission. Sans voie de secours. Il aurait été trop facile de mettre mes affaires dans un garde-meuble. La perte n'aurait pas été réelle.

J'ai dormi comme je ne me rappelais pas avoir jamais dormi. Il n'y a pas eu de cauchemars, pas de frayeurs, pas de sueurs. Je me suis fait monter mon petit déjeuner. Après ma douche, j'ai entrepris de jouer de la trompette. Une bonne demi-heure a été nécessaire pour que je parvienne à en tirer un vague son. Il fallait placer les lèvres sur l'embouchure et les faire vibrer en soufflant. J'appuyais sur les pistons, mais les notes n'avaient rien de mélodieux.

L'homme que j'avais vu dans la salle de réunion la veille est venu frapper à ma porte. Il m'a informé que Salif et Marie étaient occupés ce matin et qu'ils me donnaient rendez-vous à treize heures.

À ma demande, le chauffeur m'a conduit à mon appartement et j'ai commencé à le dépecer. Dans le coffre de la voiture, j'ai mis les papiers dont je ne pouvais me passer, et les quelques souvenirs auxquels je tenais (des lettres et des photos, des dessins que j'avais faits enfant, des mots et des babioles d'amours passés). Comme le coffre a été rapidement plein, j'ai entassé des cartons et des sacs sur les sièges arrière.

Quelques années auparavant j'avais rencontré un responsable d'Emmaüs lors d'un terrible été pendant lequel douze clochards étaient morts. Nous avions parlé du partenariat avec la Ville de Paris que le maire désirait intensifier, de l'ouverture de «centres relais» et de «boutiques solidaires». Je l'avais souvent revu et appelé pour des dossiers précis. Je me suis assis en terrasse au café en bas de chez moi et j'ai composé son numéro. Le serveur est apparu, j'ai commandé un double café (j'avais besoin de me réchauffer) et un verre d'eau. Le responsable a répondu. Je lui ai demandé si Emmaüs serait intéressé par mes meubles et mes affaires. C'était une question de pure forme, car Emmaüs remplit ses boutiques grâce aux dons des particuliers. Mais il devait me faire une faveur : il fallait venir m'en débarrasser avant cet après-midi. Sinon je serais dans l'obligation de tout jeter. Il m'a laissé patienter quelques secondes et m'a dit que c'était d'accord. Un camion passerait en fin de matinée.

J'ai bu mon grand café et j'ai poursuivi l'étrange déménagement. J'ai mis des aliments dans trois boîtes ouvertes que j'ai déposées sur le trottoir et rempli plusieurs sacs-poubelle de choses inutiles. Jusqu'à cet instant, j'avais cru qu'il n'y avait rien chez moi, du moins pas grand-chose, je m'étais imaginé menant une vie spartiate. En réalité quantité de choses s'étaient accumulées. Le contenu de mon appartement aurait couvert toute la place de la Butte-aux-Cailles.

Je suis allé voir Valdo pour lui proposer de récupérer des affaires. Il a pris un certain nombre d'aliments et des dictionnaires. Il m'a demandé si je déménageais. J'ai répondu, « Non, je ne déménage pas, je purge mon appartement. J'efface tout. » Je lui ai expliqué ma mission auprès des enfants de Fata Okoumi. Je reviendrais après, quand tout serait terminé. Valdo m'a regardé avec circonspection. De l'extérieur, ma décision, qui m'apparaissait logique et justifiée, devait sembler très incongrue. Cela ne me gênait pas. Il aurait été vain de s'expliquer. Valdo, de toute façon, n'attachait pas d'importance aux bizarreries des autres. J'avais peur qu'il prenne mal le fait que je fasse don de mes vêtements à Emmaüs. C'étaient ses créations. Il n'a pas protesté. Il a dit, « Les vêtements continueront à être portés, c'est ce qui compte. »

Nous nous connaissions depuis mon arrivée ici. C'est parce que sa boutique était à côté de chez moi que je l'avais croisé et avais eu l'envie d'avoir des vêtements sur mesure. Ce n'était pas rien de s'en séparer. Je m'y étais attaché.

J'ai la conviction qu'il se passe quelque chose entre les objets et leur propriétaire. S'il n'y a pas de séparation entre l'âme et le corps, je doute qu'il y ait une séparation entre ce que nous sommes et ce qui nous entoure. Je m'attache aux choses que je possède, je leur suis reconnaissant de se donner à moi, de me permettre d'avoir les dents propres, les jambes couvertes et le cou protégé du froid. La fidélité me dote de branchies et rend l'air respirable.

Le camion d'Emmaüs est arrivé plus tôt que prévu. Les trois hommes et la femme (usés, comme peuvent l'être d'anciens clochards) ont vidé mon appartement. Ils ont emporté le frigo, la table de la cuisine, la petite table du salon, la penderie, le canapé, le fauteuil, le lit. Et aussi l'essentiel de mes livres et de mes disques (j'en ai gardé une vingtaine de chaque), mes vêtements, mon linge de maison. C'était un déménagement inversé. Mes affaires me quittaient et je gardais l'appartement.

Quand le camion est reparti, je suis retourné voir Valdo et je lui ai commandé trois costumes en laine épaisse. Il a pris mes mesures et j'ai choisi des couleurs chaleureuses, un prune, un vert sombre et un gris souris. C'était une urgence : je n'avais presque plus rien à me mettre.

Le chauffeur m'a raccompagné à l'hôtel.

Plusieurs grooms m'ont aidé à porter mes affaires. Deux chariots ont été nécessaires. Les boîtes en carton, les dossiers, les sacs étaient éparpillés et entassés dans ma chambre qui ne ressemblait plus en rien à une chambre d'hôtel. Magistral désordre. Toute ma vie tenait entre ces quatre murs, des années de papiers et de souvenirs, rescapés, protégés comme dans un coffre-fort.

Après avoir mangé un morceau dans le restaurant de l'hôtel, je suis allé retrouver Salif et Marie dans la salle du huitième étage. Il était presque treize heures.

Cinq jours avaient suffi à changer mon existence. J'avais rencontré Fata Okoumi, elle était tombée dans le coma ; Dana avait mis fin à notre arrangement ; j'habitais l'hôtel et je m'étais débarrassé de la totalité de mes biens et de mes affaires. Et, étrangement, je m'accordais à ce rythme. Je découvrais ma capacité à agir. C'était excitant. Pendant des années je m'étais contenté de suivre un chemin balisé – en quelque sorte j'avais fait le choix de ne rien choisir. Aujourd'hui je faisais l'expérience de la prise de décision. J'avais l'enivrante conscience de modeler la vie.

Quand j'ai ouvert la porte, Salif et Marie étaient tournés vers le tableau. Trois photos de bâtiments y étaient accrochées. Ils m'ont serré la main. Marie faisait montre d'une sympathie nouvelle à mon égard. Une chaleur pointait dans ses yeux, un discret sourire quand elle me parlait. J'ai réalisé combien elle était belle. Cela ne m'avait pas frappé jusque-là.

À leurs traits, j'ai vu qu'ils avaient peu dormi. Sur la grande table de la salle, trois tasses en porcelaine et un pot rempli de café. Ils se sont écartés pour me laisser voir les photos.

On me traitait comme si j'avais des compétences particulières, d'imagination et d'organisation. Comme si avoir été apprécié par Fata Okoumi (par la grâce de deux courtes visites) m'avait doté de pouvoirs spéciaux. Et cela marchait. Il y avait des problèmes ? Je les résoudrais. La confiance que l'on avait mise en moi ne me laissait pas d'autre choix que d'être à la hauteur. Même s'ils réussissaient à le camoufler, les enfants de Fata Okoumi n'allaient pas bien. Je les devinais guetter les appels de l'hôpital. J'étais ici pour être rassurant et efficace.

Je me suis approché des photos. Elles venaient d'être développées (et sans doute prises juste avant), un mélange d'encres fraîches s'en dégageait. Les trois immeubles appartenaient à Fata Okoumi (c'est-à-dire à ses sociétés, elle ne les possédait pas en son nom propre). Le premier était dans le quartier de Beaubourg, le deuxième (et plus grand) dans celui de Bercy, le troisième près de la gare Saint-Lazare.

On a frappé à la porte. Un garçon d'étage est entré avec un chariot. Il a remplacé le pot de café par un nouveau, a rempli ma tasse et déposé trois exemplaires du *Figaro*.

Je me suis appuyé contre la table. Salif et Marie me regardaient, leur tasse à la main. J'ai demandé, « Un de ces immeubles est-il un immeuble d'habitation ? »

« Non », a dit Marie.

C'était une bonne nouvelle. Faire partir des locataires nous aurait confronté à des difficultés autrement plus importantes.

« Aucun n'est complètement occupé par une de nos entreprises. Nous devrons demander à des sociétés de déménager. »

Salif a ajouté, « Nous voulons que la destruction ait lieu aujourd'hui. »

Aujourd'hui ? Je n'avais pas pensé à un délai si court. J'avais mis Salif et Marie sur la voie de l'irraisonnable, ils se laissaient emporter. Cela ne paraissait pas possible. Je pouvais déménager en une journée. Mais vider un immeuble aussi rapidement, c'était insensé. Puis je me suis rappelé qu'en 1969, les Halles avaient été déménagées en un week-end. Mille cinq cents camions avaient transporté des tonnes de marchandises, vingt mille personnes et mille entreprises vers Rungis. En un week-end.

Pour qu'une chose devienne possible, il faut faire comme si elle l'était. Ne pas se laisser impressionner par l'ampleur de la tâche.

Je ne pouvais me mettre à la place de Salif et Marie. Mais j'avais le sentiment (c'était une hypothèse) que dans leur esprit, ils menaient une course contre la mort. Comme s'il fallait « faire disparaître » Paris pour empêcher leur mère de disparaître. Comme si par une sorte de superstition, la disparition de Paris était un sacrifice qui contenterait les dieux et les empêcheraient de rappeler Fata Okoumi à eux. J'ai pensé au sacrifice d'Abraham, épargnant son fils Isaac sur l'injonction d'un ange, et égorgeant un bélier en remplacement. C'est ce geste qui marque le début de la civilisation. Aujourd'hui deux enfants désiraient sauver leur mère, et, pour cela, symboliquement, immolaient Paris. Malgré l'apparence d'athéisme général, nous baignons encore dans une civilisation religieuse. Nous sommes continuellement sous l'emprise de modes de pensées magiques, hérités de croyances anciennes. À cet égard, il me paraissait plausible que cette idée de sacrifice influence la conduite des enfants de Fata Okoumi. Et la mienne.

J'ai dit, « Comment voulez-vous procéder ? »

« Nous allons les reloger ailleurs, et les dédommager », a répondu Salif.

Ce ne serait pas si simple. Peu d'entreprises accepteraient de perdre leur adresse. Cela perturberait les relations avec leurs clients. Et puis, en cas de déménagement, il faudrait quelques jours pour installer des lignes téléphoniques et internet, disposer les bureaux. Ce dérangement considérable ne serait pas résolu par l'argent. Cela ne marcherait pas. Pas comme ça. Nous étions dans une impasse. J'étais tendu.

Je me suis resservi du café (sans doute pas la meilleure

façon de se détendre). J'ai marché vers la fenêtre. Quand on a de l'argent, on imagine que cela permet tout. C'est le cas la plupart du temps. Mais cette facilité est un frein à la pensée, car quand l'argent ne peut rien, on se trouve désemparé. Mon regard s'est fixé sur le clocher de la chapelle du Val-de-Grâce. Salif et Marie m'avaient bien fait comprendre que j'avais la puissance de l'empire Okoumi à disposition. Cela m'avait impressionné. À tel point que j'avais oublié que j'avais moi-même des atouts. Le maire m'avait demandé de les assister. La clé était là.

Je me suis retourné vers Salif et Marie et leur ai dit que le seul moyen de vider un immeuble dans ce laps de temps était de prétexter des questions de sécurité. La loi prévoyait ce cas. C'est le seul argument que personne ne discute.

J'allais en parler au maire et je me doutais qu'il ne prendrait pas bien la chose. En me demandant d'aider les enfants de Fata Okoumi, il ne devait pas penser que cela irait aussi loin. Il devait espérer que je limiterais les dégâts, que je calmerais leur colère. Finalement j'allais lui annoncer que nous voulions détruire un morceau de Paris.

On ne partage pas le quotidien d'une famille frappée par le malheur sans prendre fait et cause pour elle. Il m'était impossible de jouer l'agent infiltré. Bien sûr je veillais à ce que rien de préjudiciable ne soit fait à Paris, mais ma loyauté était engagée auprès de la famille Okoumi.

Ce que nous faisions était une folie. Mais une folie

portée par l'argent et le pouvoir gagne en raison et devient convenable. Si moi, je décidais de dresser une pyramide de verre ou de construire un tunnel sous la Méditerranée, cela révélerait mon basculement du côté de la psychose. Si un chef d'État exposait les mêmes projets, on l'applaudirait.

J'ai téléphoné au maire. Son secrétaire m'a informé que celui-ci n'était pas disponible. Il me rappellerait dans quelques minutes.

En attendant, nous allions choisir l'immeuble.

Salif m'a tendu un dossier dans lequel étaient notés le nom des sociétés et un certain nombre de détails techniques concernant, entre autres, la présence de plomb et d'amiante.

Immeuble du quartier de Beaubourg : dix étages, six sociétés, un cabinet d'avocats. Isolation en amiante.

Immeuble du quartier de Bercy : douze étages, quinze sociétés.

Immeuble du quartier de la gare Saint-Lazare : neuf étages, quatre multinationales.

C'est ce dernier que nous devions choisir. C'était le plus petit, celui qui abritait le moins de sociétés. Celles-ci étaient des succursales de grandes entreprises étrangères. Elles n'avaient pas d'attaches dans le quartier. Elles ne chercheraient pas la petite bête. L'immeuble (acquis vingt-cinq ans plus tôt par Fata Okoumi) n'était pas classé aux monuments historiques, il n'y avait pas de peinture au plomb, pas d'amiante.

Je vivais depuis quelques jours dans un autre monde. Dans un monde où les choses se décident et s'accomplissent. Dans un monde où l'on n'attend pas une demi-heure au téléphone avec une standardiste pour espérer la résiliation d'un contrat de téléphone portable. Un monde où l'imagination la plus folle pouvait s'incarner sans être empêchée par quoi que ce soit.

Le téléphone a sonné, j'ai pris l'appel. Sans aucune précaution, comme si c'était la chose la plus logique au monde, j'ai annoncé au maire que nous avions besoin de vider un immeuble de ses occupants dans la journée et qu'il fallait trouver une raison de sécurité pour le faire. Le maire m'a demandé pourquoi. Je lui ai dit qu'il faudrait détruire cet immeuble et que c'était la solution que nous avions trouvé pour être fidèles au vœu de Fata Okoumi. Je commençais à lui donner les coordonnées du bâtiment, quand il m'a sèchement interrompu : il voulait que je le rejoigne immédiatement à l'Hôtel de Ville.

En raccrochant, ma main tremblait. J'étais rappelé à la maison mère. J'ai informé Salif et Marie de la situation. J'ai mis ma veste et pris l'acte de propriété. Le café me brûlait l'estomac. Tout risquait de se terminer.

Pendant le trajet, j'ai fait la liste des arguments qui pouvaient justifier la destruction de l'immeuble. Cette idée avait pris place en moi, je m'étais mis à y croire, pire que cela, à être persuadé de sa nécessité. Ce projet allait bien à Fata Okoumi, et c'était à la hauteur de ce qui avait été commis à son encontre.

J'ai compris que je n'étais plus un employé municipal, que ma cause allait bien au-delà du service public, même si, d'une certaine façon, c'était servir la communauté que de laisser une marque profonde qui rappellerait ce crime.

Des années durant j'avais mis de côté ma personnalité et mes désirs les plus profonds pour apporter ma modeste pierre à l'amélioration de la vie de mes concitoyens. J'avais accepté de devenir un chantre d'un valorisant conformisme de gauche. Mais ainsi j'avais sacrifié une partie de mon individualité. Les nobles et belles causes nous permettent d'oublier de vivre tout en ayant la conscience tranquille. Ce qui était en jeu ici, c'était non seulement le vœu de Fata Okoumi, non seulement le désir de ses enfants, mais également ma volonté de m'affranchir. Je reprenais ma liberté.

Je pensais que l'idée de voir le maire m'angoisserait. En fait, mon cœur battait à un rythme normal, mes mains n'étaient pas moites. Le taxi s'est arrêté rue de Lobau, derrière l'Hôtel de Ville. Je suis descendu et me suis dirigé vers l'entrée. Les vigiles discutaient. Il faisait un froid terrible. Le maire se tenait un peu en retrait d'eux, sous le porche, dans l'ombre, de manière à ne pas susciter la curiosité des passants. Rien sur son visage ne laissait deviner son état d'esprit. Il m'a serré la main un peu trop fort, puis il m'a pris par le coude pour m'entraîner un peu plus loin.

Nous avons traversé la rue et marché jusqu'à la place Saint-Gervais. Ce lieu avait l'avantage d'être à l'abri des oreilles indiscrètes de l'Hôtel de Ville et à l'écart du chemin des passants. Nous nous sommes arrêtés devant la massive église Saint-Gervais.

Le maire est animé d'une force étonnante. Presque palpable. Se trouver près de lui donne envie de se laisser entraîner dans son courant. Jusqu'aux événements de ces derniers jours, je crois que j'aurais voulu qu'il m'adopte. L'idée est surprenante (et je viens juste de la comprendre). Mais, oui, je m'évertuais à bien travailler pour lui faire plaisir, comme un enfant quêtant de l'affection. J'aimais quand il était fier de moi. Il était celui qui insufflait de la vitesse et de l'excitation à mes journées. Il donnait plus d'éclat à toutes les petites choses que je faisais, et dont je doutais parfois de l'effectivité et de la nécessité.

J'ai ajusté mon écharpe. Le maire ne portait pas la veste de son costume. Il a dénoué sa cravate comme s'il voulait mieux respirer. En raison du froid et de la colère, son visage était rouge. Il se contenait pour ne pas exploser. Ses mains bougeaient plus rapidement que d'habitude, il a reniflé nerveusement.

En détachant bien les mots, il a dit, « Il est hors de question que l'on détruise un immeuble. Je n'en reviens pas que vous m'ayez appelé pour me demander ça. Vous êtes en plein syndrome de Stockholm, Mathias. »

Il cherchait une explication. Il devait avoir l'impression que je l'avais trahi. Il avait peut-être raison. Mais c'est lui qui m'avait livré à la famille Okoumi.

« Vous avez perdu le sens des réalités. Il faut les convaincre de trouver autre chose. »

J'ai répondu (me gardant bien de révéler que j'en étais à l'origine) qu'ils étaient attachés à ce projet.

« Merde, a dit le maire. Vous avez des nouvelles de l'état de santé de leur mère ? Attendons son réveil avant de faire quoi que ce soit. »

J'ai dit que le coma se prolongeait et que ce n'était pas bon signe. Je lui ai demandé s'il avait appelé Salif et Marie pour en discuter avec eux. Oui, il l'avait fait peu avant mon arrivée. Ils ne voulaient rien entendre.

Je ne m'opposais pas ouvertement au maire. Je n'avais pas le caractère propre à un affrontement direct. J'étais incapable de me mettre en colère et d'exiger qu'il cède à la demande de Salif et Marie. À ce jeu-là, il m'écraserait. Même animé de toute ma passion, même porté par ma conviction, je me heurterais à quelqu'un qui faisait de la politique depuis des décennies et qui était à l'aise dans les rapports de force. Ma seule chance d'arriver à mes fins était de me comporter comme si je rapportais les paroles des enfants de Fata Okoumi. Comme si je trouvais leur idée un peu excessive, mais pas tant que ça. C'est en jouant le rôle du temporisateur que je pouvais convaincre le maire que c'était, malgré les apparences, une proposition raisonnable.

Je lui ai dit qu'une plaque ou un monument commémoratif ne suffiraient pas. J'ai dit que Salif et Marie avaient très mal pris cette idée.

Le maire a baissé la tête, il savait que ce n'était pas assez, il avait un peu honte d'avoir tenté de régler le problème à si bas prix. Il devait sans cesse être en train de calculer. Le pour et le contre, le potentiel de nuisance des enfants de Fata Okoumi et les conséquences (symboliques) de la destruction d'un immeuble. Il était pris dans un faisceau d'impulsions contradictoires.

« Vous n'avez pas une idée ? Une idée qui pourrait mettre tout le monde d'accord ? »

Je lui ai rappelé que Salif et Marie désiraient démolir un immeuble qui leur appartenait. C'était leur bien.

«Mais ce n'est pas *leur* ville!» a dit le maire, sur un ton plaintif qui ne lui ressemblait pas.

Je ne pouvais faire que des suppositions, mais s'en prendre à un bâtiment n'était pas anodin pour le maire. Il avait en charge cette ville, il l'administrait, la protégeait et s'y identifiait. Tout ce qui pouvait la menacer lui était insupportable.

J'ai dit, «Personne ne le saura. En tout cas, peu de monde. Dans un premier temps du moins. Si nous refusons d'accéder à leur demande, ils mettront en œuvre des mesures de rétorsion. Ils ne sont pas du genre à se laisser faire. Jusqu'à présent ils ont été remarquablement discrets. Ils auraient pu convoquer la presse, ils auraient pu mettre le feu aux poudres, et provoquer des émeutes. À Paris, en banlieue, à l'étranger. Nos ambassades auraient pu être attaquées, ainsi que nos ressortissants en Afrique. Je trouve qu'ils sont très raisonnables. Leur mère risque de mourir et *nous* en sommes responsables.»

Le maire me regardait les yeux écarquillés. Ce qui s'était passé le rendait malade. Il ne s'en remettait pas. Pour la première fois je le voyais en proie à un profond désarroi. Hébété, hagard, il m'a tourné le dos et a fixé la Seine. Son pouvoir ne servait à rien, il était désarmé.

Il a dit, «Nous n'avons pas le choix, c'est ça?»

Je me suis rapproché de lui, pour le rassurer, je ne sais pas très bien pourquoi, et j'ai répondu, « Pas vraiment. »

« Alors d'accord, a murmuré le maire. Après tout ce n'est que justice. »

Des pigeons déchiraient une poubelle. Le maire a fait quelques pas dans leur direction pour les faire fuir. Les oiseaux se sont envolés.

« Lorsque le péril est intrinsèque à l'immeuble, que la menace provient de causes inhérentes à la construction nées soit du défaut d'entretien, de vices de construction ou de la vétusté, le maire intervient au titre de son pouvoir de police spéciale prévue par l'article L. 2213-24 du code général des collectivités territoriales dans les conditions des articles L. 511-1 à L. 511-6 du code de la construction et de l'habitation. Il peut dans ce cas prescrire aux frais du propriétaire la démolition des murs, bâtiments ou édifices en usant de procédures distinctes selon que le péril est imminent ou ordinaire. »

Le maire m'avait demandé de le suivre dans son bureau. Il avait compulsé plusieurs volumes juridiques pour trouver le texte. Ce pouvoir incroyable qui lui était donné l'avait étonné. Mais plutôt heureusement étonné. En tout état de cause, il y avait une caution légale.

Tandis que j'appelais Salif et Marie pour leur annoncer le feu vert du maire (je leur ai proposé de se rendre à l'immeuble de la gare Saint-Lazare et de nous y attendre), le maire a commencé à organiser les choses. Il n'a pas eu d'autre choix que de mettre son adjoint au logement au courant. Celui-ci faisait partie de ses proches, il l'a assuré de son soutien sans hésiter. Pour mener à bien le plan prévu, ils avaient besoin des compétences techniques de la directrice du service de l'urbanisme. Elle a été appelée dans le bureau. Ils lui ont expliqué la situation, l'agression à l'encontre de Fata Okoumi, son vœu, le coma. Ils lui ont demandé si elle acceptait de couvrir l'ordre d'évacuation de l'immeuble de la rue de Rome, et sa démolition. La directrice n'a pas manifesté le moindre trouble et a souhaité voir l'acte de propriété. Après avoir soigneusement étudié les documents, elle a accepté.

Plus tard, l'adjoint et la directrice fabriqueraient de faux rapports antidatés indiquant l'état déplorable des fondations ; de faux témoignages de riverains parlant de pans entiers de murs se décrochant et tombant sur la chaussée. Ils y passeraient le week-end.

Le chauffeur du maire nous a déposés (la directrice, l'adjoint et moi) devant l'immeuble de la rue de Rome. C'était un joli bâtiment des années quarante, avec des moulures autour des fenêtres, récemment ravalé, doté d'une porte cochère en bois peinte en vert. Les plaques en cuivre des sociétés étaient vissées sur le côté gauche.

Salif et Marie nous attendaient devant la porte. Ils

discutaient avec leur homme de confiance. Celui-ci a hoché la tête (il prenait acte d'un ordre) et il est allé dans la brasserie de l'autre côté de la rue. Deux minutes plus tard, il en est ressorti et nous a fait signe s'entrer. Le premier étage avait été réservé. Nous nous y sommes installés, nous avons enlevé nos manteaux et nos vestes, posé nos sacs. Une grande fenêtre s'ouvrait sur l'immeuble. La rue était large, aussi pouvions-nous le voir entièrement, de la chaussée au toit. La vue était parfaite. La noirceur du ciel, comme une nuit avant la nuit, donnait une nature inquiétante à l'atmosphère.

Nous étions le vendredi 23 décembre en début d'après-midi. À la fin de la journée, tout serait réglé.

Vers quinze heures trente, de notre poste d'observation, Salif, Marie et moi avons suivi l'adjoint au maire et la directrice de l'urbanisme et pénétré dans l'immeuble au pas de course. Ils étaient accompagnés d'ouvriers municipaux, d'un capitaine de police et d'une dizaine de pompiers dans leurs manteaux d'hiver. Deux policiers attendaient en bas pour barrer le passage à quiconque voudrait entrer.

Étage par étage, la directrice et l'adjoint ont signifié aux occupants que l'immeuble risquait de s'effondrer et qu'ils avaient trente minutes pour l'évacuer. Un casque de chantier a été donné à chacun. Devant le déploiement d'hommes et d'officiels, personne n'a songé à discuter les ordres. Tout le monde s'est empressé de mettre son casque et de prendre les affaires qui traînaient sur son bureau et dans les tiroirs (dossiers en cours, photos de famille). Cinq minutes plus tard, il ne restait plus personne dans l'immeuble.

Les salariés ont été regroupés au rez-de-chaussée de la

brasserie. Nous les entendions parler, une femme a éclaté en sanglots, une autre a fait un malaise. L'adjoint, la directrice et l'homme de confiance de Salif et Marie géraient la situation. La directrice a répondu aux interrogations des employés incrédules qui n'avaient pas soupçonné l'état de délabrement de leur lieu de travail. Elle avait bien préparé son texte. Elle a énuméré les principales causes : proximité de la gare Saint-Lazare et microvibrations causées par le passage des trains, mauvaises techniques de fabrication du ciment dans les années quarante, négligence des syndics successifs. Les services techniques de la mairie avaient noté des crevasses dans les murs. On les avait sondées le matin même. Les experts pensaient que l'immeuble pouvait s'effondrer à tout moment. Le propriétaire des lieux (la société de Fata Okoumi) en avait été informé, et il avait été décidé, au nom du principe de précaution (cette expression a eu beaucoup de succès et un effet immédiatement tranquillisant), de ne prendre aucun risque et de détruire le bâtiment. Elle les a assommés de mots techniques et de références pour donner toute la scientificité nécessaire à l'opération.

Quand on vient vous sauver la vie, vous ne posez pas de question. Vous n'enquêtez pas sur votre médecin qui vous a prescrit un médicament pour soigner une maladie dont vous ignoriez l'existence. Non. Vous êtes soulagé. Vous n'allez pas chercher plus loin que le bonheur d'avoir survécu. Vous n'avez rien perdu, au contraire vous avez gagné une histoire à raconter, un souvenir à conserver, ainsi que l'incomparable sentiment d'être plus vivant que jamais car vous avez échappé à la mort.

L'efficacité du service du logement et de l'urbanisme, des policiers, des pompiers a été saluée par tous. L'adjoint en a profité pour mettre en avant l'action du maire et de son équipe, et leur dévouement au service des citoyens. Impeccable show de relations publiques.

L'homme de confiance de la famille Okoumi a informé les employés, les chefs de service et les responsables des sociétés que le propriétaire de l'immeuble (il n'a pas cité Fata Okoumi) avait loué des camions et un entrepôt. Toutes leurs affaires allaient y être déposées. Il a distribué sa carte de visite. Le propriétaire s'engageait à trouver d'autres bureaux dans Paris. Tous les frais seraient pris en charge et un dédommagement était prévu.

Il y avait de l'agitation dehors. Nous nous sommes collés à la vitre.

La rue de Rome entre la rue de Constantinople et la rue de Vienne était en train d'être bloquée par des barrières en métal. Une bande plastique a été tendue pour délimiter un périmètre de sécurité autour de l'immeuble. La directrice de l'urbanisme et l'adjoint au maire animaient le ballet des policiers, des pompiers et des ouvriers. Les premiers réglaient la circulation, arrêtaient les voitures et leur indiquaient le détour à faire, leur conseillaient un autre itinéraire. Nous avions de la chance, la rue de Rome, à ce niveau, était traversée par d'autres rues, la bloquer sur cinquante mètres ne gênait pas trop le trafic automobile. Des habitants des immeubles mitoyens, visiblement inquiets, parlaient aux policiers. La directrice et l'adjoint sont intervenus et se sont empressés de les rassurer.

Vers dix-sept heures, trois camions de déménagement se sont garés contre les barrières de sécurité. Une équipe d'ouvriers a entrepris de commencer à vider les étages. Les ordinateurs, les meubles, les dossiers furent mis dans des boîtes et classés par sociétés.

À vingt heures, trois camions pleins sont partis à destination d'un entrepôt en Seine-Saint-Denis. Trois nouveaux camions leur ont succédé. Comme les lampadaires n'éclairaient pas assez, les pompiers avaient apporté des projecteurs. On y voyait comme en plein jour. La nuit autour en paraissait d'autant plus noire. Il était impossible de distinguer le quartier. Nous semblions complètement isolés.

À vingt-deux heures, l'immeuble était entièrement vide. Les moquettes avaient été roulées, les néons emballés. Les plaques à l'entrée avaient été dévissées.

De notre poste d'observation, nous assistions, fascinés et émus, au déroulement de l'action. Tout cela ne pouvait pas être vain. Cela devait forcément avoir une influence positive sur l'état de santé de Fata Okoumi. C'était irrationnel, je le savais, mais j'imaginais un transfert d'énergie entre la rue de Rome et sa chambre du Val-de-Grâce.

Une camionnette avec des gyrophares est arrivée. Des artificiers en sont descendus, escortés par des policiers. Il leur a fallu une heure pour placer les charges explosives aux endroits névralgiques du bâtiment. On les voyait à travers les fenêtres progresser d'étage en étage, fixant des charges, tirant des fils.

Il y avait de quoi être troublé : j'avais eu une idée et un immeuble allait disparaître. Je me protégeais d'un possible et parasite sentiment de responsabilité en me disant que j'avais agi pour Fata Okoumi et ses enfants. Mais cela ne résolvait pas le fait que j'étais à l'origine de ce qui se passait. Je préférais ne pas y penser et, heureusement, le spectacle dehors me permettait de ne pas tomber dans des abîmes d'introspection.

La directrice de l'urbanisme nous a rejoints. Elle a enlevé son épais manteau en fausse fourrure et s'est approchée de la fenêtre. D'un camion, des ouvriers ont tiré une sorte de rectangle blanc d'environ deux mètres sur trois et épais d'une trentaine de centimètres. Ils se sont mis à six pour le porter. La matière en était souple, ils l'ont contorsionné pour le faire rentrer.

La directrice nous a dit de regarder le haut de l'immeuble.

Un projecteur a été braqué sur le dernier étage et le

bord du toit. Les hommes du service de l'urbanisme sont apparus. La directrice nous a expliqué que c'était la procédure en cas de situation d'urgence. C'était la première fois qu'elle la mettait en œuvre et elle ne cachait pas que cela la réjouissait.

Sur le toit, des ouvriers ont déplié le rectangle blanc : c'était une grande bâche. Ils ont commencé par en faire tomber un pan sur la façade. La bâche est descendue jusque sur la chaussée. Puis d'autres ouvriers l'ont fixée au sol et sur le bord des deux bâtiments limitrophes de manière à ce qu'elle soit hermétiquement fermée sur l'immeuble. Celui-ci avait disparu sous le voile opaque et blanc. La bâche empêcherait la poussière dégagée au moment de l'effondrement de recouvrir le quartier.

C'était une belle nuit d'hiver. Minuit approchait. Nous allions basculer dans le 24 décembre et Noël. L'immeuble bâché semblait une œuvre de Christo et Jeanne-Claude (je me souvenais de leur Pont-Neuf emballé vingt-cinq ans auparavant : j'étais venu à Paris avec mon père pour le voir). C'était impressionnant et magnifique. Le spectacle du musée de la Magie m'est revenu à l'esprit : le magicien recouvre un objet d'un foulard, l'instant d'après il a disparu. J'ai fait part de cette image à Salif et Marie. Ils n'ont pas réagi. Les enfants de Fata Okoumi étaient concentrés. Ils ne parlaient pas.

Un serveur nous a monté des infusions. Nous avions

décliné l'offre d'un dîner. Ce n'était pas un spectacle devant lequel on pouvait grignoter. La solennité du moment invitait au recueillement.

Les artificiers avaient établi leur espace au milieu de la rue. Ils étaient accroupis auprès d'une console. L'un deux a levé le bras pour signifier la mise à feu. Son collègue s'est penché vers la console. Il y a eu un bruit étouffé et sourd, à la fois énorme et discret. Les fenêtres de la brasserie ont à peine vibré, tout comme la tisane dans les tasses. La bâche s'est légèrement bombée. Puis elle est tombée sur le sol. On se serait cru dans un rêve. Les ouvriers ont attendu quelques minutes avant d'entreprendre de la replier.

Il n'y avait plus rien. Rien que des tonnes de gravats et de poussière formant une épaisse couche sur le sol. C'était vertigineux. Le plein avait été remplacé par du vide. Nous faisions face à un énorme cube creux.

J'étais immensément ému, malgré moi ; je ne l'avais pas prévu. C'était une émotion qui était comme une onde de choc. Des larmes affluaient à mes yeux. Je n'ai pas osé regarder Salif et Marie, mais je suis sûr qu'ils pleuraient. J'ai pensé à Fata Okoumi, mais aussi à mes morts, et à mes parents qui mourraient un jour, à mes amis. J'ai pensé à ma propre mort.

Nous sommes restés plusieurs minutes ainsi. Le temps de récupérer. J'avais la confirmation qu'il était possible d'agir sur le monde physique. Avant, je n'en étais pas aussi certain.

J'ai pensé aussi combien il était facile de faire disparaître les choses et les êtres et cela m'a effrayé. Me sont venus à l'esprit des civilisations, des peuples disparus. Je ne sais pas pourquoi, j'ai eu envie d'appeler Dana.

Je suis rentré à l'hôtel vers une heure du matin quand les premières bennes sont arrivées pour emporter les gravats.

On peut être ivre d'action. Je crois que c'était mon état depuis deux jours, depuis que la décision avait été prise de faire disparaître un immeuble. Ma consommation de café n'avait pas arrangé l'affaire. J'avais eu de la tachycardie, des bouffées d'angoisse et des brûlures d'estomac. Quand on découvre le pouvoir que l'on a, que l'on nous donne, il est facile de croire en sa propre puissance. Moi, le modeste gratte-papier, je m'étais retrouvé à la barre d'une opération inouïe. Ce pouvoir aurait pu me faire sombrer dans la dépendance. Un effort gigantesque était nécessaire pour ne pas s'y abandonner, pour refuser la jouissance intrinsèque.

J'ai décidé de ne plus boire de café ni de vin. J'avais besoin de garder la tête claire.

Salif et Marie ont passé la nuit auprès de leur mère.

Je n'ai pas mangé. Après un long bain, j'ai joué de la

trompette. J'espérais, pour mes voisins, que ma chambre était suffisamment insonorisée. L'instrument était rassurant, car il ne se laissait pas faire. Cela me ramenait sur terre. La plupart du temps je ne produisais qu'un braillement d'enfant en train de naître. Mais parfois, par hasard, je réussissais à faire sortir une note juste. Poser les lèvres sur l'embouchure et souffler me donnait l'impression de faire du bouche-à-bouche. Comme si je donnais mon oxygène pour ranimer le monde.

J'ai rapidement eu des vertiges à cause de l'air que j'expulsais de mes poumons. Je me suis couché ; je suis resté sur le dos, dans le noir, à fixer le plafond.

Je n'en revenais pas que l'on ait pu faire ce que nous avions fait. Je n'en revenais pas qu'une femme puisse se promener à Barbès et peu après se trouver dans le coma. Je n'en revenais pas d'avoir fréquenté Dana et qu'en un claquement de doigts tout ait été fini.

J'ai pleuré dans les draps, sans faire de bruit.

En dépit des camions, des rues bloquées et des artificiers, en dépit de la disparition d'un immeuble, en dépit de tout ça, Fata Okoumi était morte aux premières heures du matin. Tout ça n'avait servi à rien. Le sacrifice n'avait pas marché. La disparition d'une partie de Paris n'avait pas empêché la disparition de Fata Okoumi.

Je me demandais comment nous avions pu y croire. J'étais dégrisé et mon crâne me faisait mal.

Le maire m'avait appelé pour m'annoncer la mort de Fata Okoumi. Il était ému et en colère. Il avait si bien exprimé ce qu'il ressentait que je n'avais pas su quoi ajouter. Il m'avait dit que nous avions eu raison pour l'immeuble. Il m'avait remercié.

Je me suis rendu dans le jardin de l'hôtel. Il n'y avait qu'un vieil homme coiffé d'une chapka, assis à une table, fumant un cigare. Je me suis éloigné des radiateurs extérieurs. La pelouse sèche et rase craquait sous mes pas. En quelques secondes, j'ai grelotté.

Le froid est un endroit familier sur lequel je peux compter. Il est délimité dans l'espace. Je l'ai décidé un jour, c'est une petite pièce : il mesure un mètre soixante sur un mètre soixante-dix et deux mètres de hauteur. Je peux m'y réfugier.

J'ai tenu une demi-heure, et je suis rentré prendre ma veste dans ma chambre.

J'ai marché jusqu'à l'hôpital du Val-de-Grâce. Cela m'a pris une quinzaine de minutes. Le bâtiment Y était entouré de gardes du corps. Parmi d'autres voitures, un corbillard était garé devant l'entrée. Des gens entraient et sortaient. Je n'ai pas osé m'approcher. Je n'ai pas osé me tenir aux côtés de Salif et Marie. C'était leur mère. Je devais rester à ma place.

J'ai appelé Salif et je suis tombé sur son répondeur. Je lui ai présenté mes condoléances, ainsi qu'à sa sœur, et je lui ai dit que j'étais là s'il avait besoin de moi. J'étais là. Je n'ai pas bougé pendant une heure. Quand j'ai vu un chauffeur ouvrir le coffre du corbillard et des hommes en costume noir sortir du bâtiment, j'ai eu envie de me retourner. Je ne voulais pas voir de corps, pas voir de cercueil. Mais je suis resté. Quatre hommes portaient une sorte de civière couverte d'un drap rouge sur laquelle reposait Fata Okoumi. Le corbillard et les voitures sont partis.

Soudain la colère est montée en moi comme une nausée. J'étais en colère contre tout, je ne faisais pas de distinction : contre ma ville, contre mon pays, contre nos démocraties qui ne tiennent pas leurs promesses. Je n'échappais pas à ma propre rage. Mes années au service de la communauté me paraissaient dérisoires et hypocrites. Nous nous bercions de trop bons mots, de trop bons sentiments. Nous travaillions d'arrache-pied, mais cela ne changeait rien. C'était du maquillage.

J'avais les larmes aux yeux, mes poings serrés avaient envie de frapper le sol, de s'en prendre à l'air même. J'étais en colère contre Fata Okoumi aussi, car elle n'était pas une victime convenable. Tout cela était un immense gâchis.

Je suis rentré à l'hôtel. Il y avait des embouteillages, du monde dans les rues. C'étaient les dernières heures avant Noël, on s'enquérait d'un ultime cadeau, de foie gras, d'huîtres. J'avais envie que le monde s'arrête un instant. Que tout ne continue pas comme s'il ne s'était rien passé.

Le jeune homme de la réception m'a informé que Salif et Marie Okoumi me laissaient la chambre le temps que je voudrais. C'était une gentille attention. Mais cela m'a donné l'impression d'être abandonné. J'y voyais la fin d'une époque, une époque qui avait duré cinq jours. J'allais revenir à ma vie passée. C'était difficile à croire.

Je suis allé prendre ma trompette et me suis installé dans la salle du huitième étage. Toute énergie m'avait quitté. Mes gestes étaient lourds et lents. J'étais épuisé. Ma résolution d'appeler Dana vacillait. J'étais triste, sonné et abattu.

Par la mort de Fata Okoumi, par ma lâcheté concernant Dana. Ce trou que nous avions construit dans Paris, il me semblait qu'il avait été creusé en moi et que jamais rien ne pourrait le combler. Comme un trou noir qui aspire tout ce qui se trouve autour de lui, il m'attirait irrésistiblement, il m'avalait. Il était tentant de se laisser aller à disparaître. À n'être rien, enfin.

Parce qu'il fallait bien faire quelque chose, je suis allé chercher mes costumes chez Valdo. Nous étions samedi, le 24 décembre, mais je me doutais qu'il n'avait pas fermé sa boutique. Je l'ai trouvé en train de laver sa vitrine avec une grosse éponge jaune. Il avait entendu l'annonce de la mort de Fata Okoumi à la radio. Il a enlevé son cigare éteint de sa place habituelle au coin gauche de ses lèvres, l'a posé sur le comptoir et m'a présenté ses condoléances. Bien sûr, Valdo avait compris que j'étais en deuil.

Il n'avait pas eu le temps de terminer le dernier costume, le gris, mais les deux autres étaient prêts. Je suis passé dans l'arrière-boutique pour les essayages.

Il n'est pas rare que l'on me trouve snob quand on apprend que j'ai un tailleur. Le côté anachronique de la chose n'est pas pour me déplaire. Il est vrai qu'un tailleur permet de faire des économies (je dépense moins que mes collègues pour leurs vêtements éphémères), mais l'argent n'en est pas la raison. J'ai décidé, il y a bien longtemps, que rien ne se périmerait pour moi. J'ai fait en sorte de construire un monde intime de résistance à l'entropie. Mes vêtements m'accompagnent, ils survivent aux accrocs, aux boutons manquants et à l'usure. Ils sont réparés et rapiécés. Mes pulls ont des coudières. Il y a de discrètes cicatrices sur mes vêtements. Le tissu est cousu comme je suis cousu. Cela me rappelle qu'enfant, j'étais fier des marques qui apparaissaient sous les croûtes de mes blessures, preuves de ma vie intrépide, mais preuves aussi de la magique réparation que mon corps se prodiguait à lui-même.

Je me suis regardé dans le miroir. Mon visage était livide, triste et grave, j'avais des cernes sous les yeux. Le costume prune m'allait. J'ai pris la décision de ne plus grossir, d'arrêter là la progression des kilos. Cette corpulence me satisfaisait. Elle correspondait à l'image que j'avais de moi-même. Je n'aurais jamais l'élégance de Salif. Pas la peine d'essayer. Les vrais costumes, ça ne marche pas avec moi. La laine épaisse, elle, me sied. Elle vieillit bien et se patine.

Sur la chaise reposait le pantalon de mon vieux voisin. Froissé, déjà un peu sale, usé. Valdo m'a demandé ce que je désirais en faire. Je lui ai demandé de le laver et de le remettre en état, puis de le donner à quelqu'un dont il était sûr qu'il le porterait. De préférence un jeune homme.

J'ai payé Valdo et je suis sorti avec le costume vert sombre sur l'épaule. Le tissu n'arrêtait pas complètement le froid. J'ai serré mes bras contre mon corps et me suis baladé dans le quartier. Dana m'occupait l'esprit. Je n'avais jamais autant pensé à elle que depuis notre séparation. Et aujourd'hui la mort de Fata Okoumi et la fin de ma mission libéraient une place immense.

J'ai descendu la rue Daviel. Les maisons à colombages étaient décorées de discrètes guirlandes. Je me suis arrêté. C'est un des endroits où j'aurais aimé habité si j'en avais eu les moyens. Une maison à Paris, ç'aurait été fabuleux. J'ai repris mon chemin.

Une nostalgie à l'égard de mon histoire avec Dana grandissait en moi. Je me rappelais nos nuits, nos petits déjeuners au lit, les films que nous regardions et nos commentaires à leur propos. Surtout je repensais à toutes les attentions que nous avions l'un pour l'autre, aux tendres gestes, à la douceur qui présidait à nos soirées. Sur le moment je ne m'étais pas rendu compte de ce que nous vivions. Il était tristement ironique de le comprendre après-coup, alors qu'il était trop tard. Peut-être n'aurais-je pas pu me laisser aller à vivre cette histoire avec Dana si j'en avais compris l'importance. Peut-être avais-je eu besoin de me dire que ce n'était pas important pour baisser ma garde. L'intensité de nos soirées était limpide aujourd'hui. Je nous ai bien regardés dans mes souvenirs et j'ai pensé, Ces deux-là s'aiment, ils forment un beau couple. C'est parce que j'avais perdu la chance de vivre cet amour que j'ai eu conscience de son existence.

Je m'étais fourvoyé. Dana avait interrompu notre bizarre relation, parce que, avait-elle dit, elle souhaitait autre chose. Je n'avais pas compris. Elle ne voulait pas autre chose avec quelqu'un d'autre. Mais quelque chose d'autre avec moi. J'avais été idiot. Un tel degré d'aveuglement était une sorte d'exploit. Dana n'avait vu qu'un seul moyen pour que je comprenne que je m'étais attaché à elle : me priver de sa présence. Me parler aurait été inefficace. On peut contredire, raisonner, justifier. Je suis doué avec les mots, c'est-à-dire doué pour me duper. Très intelligemment, elle m'avait offert son silence et son absence.

Des clients faisaient la queue devant la pâtisserie de la rue Wurtz. Dans la vitrine, les gâteaux formaient une sorte de ville aux architectures colorées et fantasques. Je me suis dirigé vers la rue de Tolbiac.

Notre histoire n'avait ressemblé à rien. Cela n'avait pas été une aventure sexuelle, ni de l'amitié. Par élimination, j'aurais dû comprendre que c'était de l'amour. J'aimais d'autant plus sûrement Dana que Fata Okoumi était morte. Pour le dire autrement : je l'aimais pour la protéger de la mort. Pour ne jamais la perdre. Quand la mort fait son apparition, l'amour prend tout son sens. J'aimais Dana pour lutter contre la disparition.

J'aurais pu lui envoyer un texto. Mais c'était encore un moyen de me cacher. Ma gorge s'est serrée. J'ai composé son numéro. J'ai raccroché. Plus tard. Pour l'instant, j'étais trop plein de la mort de Fata Okoumi.

La rue de Tolbiac me menait trop loin. J'ai tourné dans la rue de la Glacière. Depuis deux jours, j'étais logé et nourri, je fréquentais des gens d'un autre monde. J'avais besoin d'une piqûre de réalité. Je suis allé faire des courses. Les néons et les couleurs des produits du supermarché m'éblouissaient. J'avais l'impression que toutes ces dents au rayon dentifrice voulaient me manger. J'étais comme halluciné. J'ai rempli mon chariot. La caissière était désagréable. Habituellement je trouvais cela bon signe, comme l'indice d'une résistance. Mais là, cela m'a blessé.

J'ai donné la charcuterie et les gâteaux aux clochards qui campaient sous le métro aérien.

Une fois dans ma chambre, après avoir rangé le costume dans la penderie et enlevé ma veste, j'ai fait de la place; j'ai débarrassé la table de mes cartons, des livres et des disques. Depuis que j'avais entreposé les affaires ayant survécu à la purge de mon appartement dans ma chambre, la petite pancarte «Ne pas déranger, do not disturb» était en permanence sur la poignée de la porte. La pièce ne ressemblait plus en rien à une chambre d'hôtel et je voulais éviter que la femme de chambre s'en aperçoive.

J'ai vidé mon sac de courses sur la table. Il y avait de l'ail, du porc fumé, du soja, des carottes, une tige de citronnelle, des noix de cajou, du nuoc-mân, un citron, du sel, du poivre, de la coriandre, des champignons. J'avais acheté un saladier. J'ai commencé par éplucher l'ail. Ma chambre s'est emplie de parfums.

Parfois il suffit d'une petite chose pour prendre de la distance avec la dureté du monde ; alors, temporairement, on est sauvé.

Dimanche est arrivé sans que j'aie trouvé le courage d'appeler Dana. Je prenais mon téléphone. Je le reposais. J'écrivais sur une feuille ce que j'avais l'intention de lui dire. Mais ce n'était pas simple. Il n'y avait pas eu de choc amoureux entre Dana et moi. Pas de coup de foudre. Pas de passion. Et cela me perturbait. À la place, j'avais le tranquille sentiment d'être lié à elle. C'était un amour asymptomatique. Il était facile de ne pas le voir et de passer à côté. Cet amour calme ne me donnait pas d'élan pour le concrétiser, il ne m'enflammait pas. J'étais étonné par ce passé où je ne l'aimais pas. Triste de ce passé dont elle était absente.

Je n'en finissais pas de tourner en rond. J'avais quarante ans et je me sentais mortel, je voulais vivre et je ne savais pas comment. Pour éviter de me trouver confronté à l'atmosphère de Noël, aux gens heureux et aux familles unies, je ne suis pas sorti de l'hôtel.

Depuis la veille, il y avait eu un accroissement des

clients africains. Quelques-uns étaient arrivés le soir, la plupart le matin. J'imaginais que c'étaient les proches de la famille Okoumi. Ils discutaient dans le hall, les couloirs, les ascenseurs. On entendait des pleurs et des éclats de voix.

J'ai joué de la trompette. Mon niveau restait toujours aussi bas, je n'évoluais pas. Un professeur me serait nécessaire. L'autodidactisme avait ses limites. Je me suis demandé si on pouvait encore apprendre à mon âge. Quarante ans, n'était-ce pas trop tard? Mon cerveau était-il encore suffisamment malléable? Ne s'était-il pas figé comme ces cerveaux de cire dans les musées d'histoire naturelle?

Je me suis interrogé sur la nature de ma relation avec Salif et Marie. Je m'étais pris d'affection pour eux alors que je n'aurais pas dû les aimer. Ils étaient riches. Pire encore, ils étaient des héritiers. Pire encore, leur fortune avait une origine douteuse. Les articles abondaient sur les affaires de corruption impliquant leurs sociétés, les scandales de pollution et l'exploitation des travailleurs. Fata Okoumi n'avait pas agi autrement que comme la plupart des hommes d'affaires de cette planète, la morale n'était pas une de ses préoccupations. D'être humain à être humain, je l'avais appréciée, j'appréciais ses enfants. Mais ils représentaient tout ce que je méprisais, et c'était un problème. Le problème, surtout, c'était que cela ne m'en posait pas. Il est très déroutant de découvrir que les gens avec qui l'on s'entend le mieux ne sont pas forcément ceux avec lesquels on partage des idées. Politiquement, j'étais proche de Rose et d'Édouard, nous étions d'une gauche consciente et critique. Mais je ne les supportais pas. Ils étaient snobs et sûrs d'eux. Humainement, j'avais plus d'affinités avec la famille Okoumi. Je serais volontiers parti en vacances avec Salif et Marie, alors que j'aurais préféré me casser la jambe plutôt que de passer une soirée avec mes collègues. Mais je ne me faisais pas d'illusion. Si de mon côté j'avais été contaminé par cette famille, et par ce que nous avions vécu, ce n'était pas réciproque. Salif et Marie n'étaient pas des gens à qui je pouvais téléphoner pour aller prendre une bière. Certaines relations sont impossibles. Et quand elles sont possibles, je m'enfuis.

J'ai lu les journaux à la recherche d'un article sur la destruction de l'immeuble de la rue de Rome. Il n'en était fait mention nulle part. L'événement avait été important pour nous, mais à l'échelle d'une capitale ce n'était rien. Dans quelques mois, quelques années, on commencerait à se poser des questions en ne voyant aucune construction remplir le vide. Peut-être que Salif et Marie (à moins que cela ne vienne du maire) en parleraient. Les choses finissent par se savoir. Ce vide serait le plus vrai, le plus troublant des monuments aux morts. Pour tous les morts, car cet antimonument avait quelque chose d'universel.

En revanche, il y avait des nouvelles du policier qui avait agressé Fata Okoumi. Il avait été libéré sous contrôle judiciaire après un premier interrogatoire. Des fuites en avaient révélé la teneur. Il disait avoir eu peur. On lui avait demandé si une vieille femme récalcitrante suffisait à lui faire peur et il n'avait pas été capable de répondre. Il y avait des photos de sa femme dans les journaux. Des amis avaient témoigné pour affirmer qu'il n'était pas raciste. Il avait grandi dans une cité en Essonne et ses amis étaient noirs et arabes. La tragédie tenait à cela : quelqu'un qui n'était apparemment pas raciste pouvait commettre une bavure apparemment raciste. Je crois que cela m'aurait rassuré si le policier avait été raciste. Cela aurait été plus simple. Les choses auraient eu un sens. Au final, l'histoire se clôturerait par la condamnation (exemplaire, à n'en pas douter) du policier : il serait sacrifié pour que l'on n'aille pas chercher plus loin l'origine de ce crime.

En fin d'après-midi j'ai pris un taxi jusqu'à l'Hôtel de Ville. Le vent froid soufflait fort quand je suis sorti du véhicule. Je me suis tenu un moment devant l'entrée principale. Mon attachement et ma passion pour ce lieu avaient perdu un peu de leur force. Je n'étais pas indifférent, disons que je le considérais plus raisonnablement. La tribune sur la place n'avait pas été démontée. Le maire y ferait son discours seul dans quelques jours. La pluie, la neige avaient marqué le pupitre et la scène. La patinoire serait installée avec retard cette année. Les enfants devraient attendre janvier pour s'élancer sur la glace.

Je crois que dès que j'avais appris la mort de Fata Okoumi, d'une certaine façon, Paris avait disparu pour moi. Le processus avait été amorcé par l'attaque dont elle avait été victime, confirmé avec la démolition de l'immeuble et la désertion de Dana. Et ce n'était pas une mauvaise chose que Paris ait disparu, car Paris avait été le moyen pour moi de ne pas vivre. Mon esprit et mon cœur avaient été colonisés ; durant toutes ces années, aucune place, aucun espace n'étaient restés libres. Il est si romantique d'y avoir un chagrin d'amour, y être célibataire offre tellement de possibilités. Paris devait disparaître pour laisser une place à un amour possible. Ces derniers jours j'avais été capable de courage et de décision. Alors pourquoi tardais-je à prendre des initiatives dans ma vie intime ? Il semblait que j'avais besoin d'un « véhicule » (une institution, une cause) pour agir. Comme si je ne pouvais pas me battre pour mes propres désirs, comme si j'étais paralysé à l'idée de vivre pour moi-même. Tout le talent, toutes les ressources dont je faisais usage dans mon travail ne me servaient pas quand il s'agissait de ma vie personnelle.

Le soir, je me suis couché en me demandant si je

retournerais à l'Hôtel de Ville le lendemain matin ou si je m'accorderais quelques jours de congé. Ma dernière pensée avant de m'endormir a été pour la tarte au gingembre que préparait un de mes voisins ou une de mes voisines chaque dimanche midi et dont, pour une fois, je n'avais pas senti le parfum.

Lundi, en début de matinée, alors que je remontais du petit déjeuner, mon téléphone a sonné. C'était Salif. J'étais heureux de l'entendre de nouveau. J'avais cru que je n'aurais plus de ses nouvelles, que sa sœur et lui étaient rentrés en Afrique. Il m'a demandé de descendre dans le hall. J'ai mis la veste de mon costume prune. Au moment où je m'apprêtais à fermer la porte, un garçon d'étage est arrivé avec un sac contenant mes vêtements lavés et repassés. J'ai tout déposé sur mon lit.

L'homme qui avait pris mon passeport lors de ma première visite à Fata Okoumi m'attendait. Il n'était pas devenu plus engageant. Il m'a conduit jusqu'à une double porte, il l'a ouverte et m'a invité à entrer. C'était une grande salle qui devait servir pour des cocktails et des réceptions. La baie vitrée donnait sur le jardin. Une cinquantaine de personnes étaient présentes, essentiellement des Africains. Il y avait des tables couvertes de nourriture. Sur une estrade, des musiciens discutaient et accordaient leurs instruments. Les gens défilaient devant Salif et Marie, installés au fond, pour leur présenter leurs condoléances.

Vingt minutes plus tard, Salif est venu me voir. Il m'a glissé à l'oreille «Il faut qu'on parle.» Nous avons rejoint un groupe qui entourait Marie. Avant même qu'il ne fasse les présentations, j'ai compris qu'il s'agissait de sa famille. Un oncle et deux tantes, des cousins et des cousines de tous âges, sa femme et leurs deux enfants, le mari et l'enfant de Marie. Il m'a présenté à tout le monde comme un ami. J'ai été touché, même si je me doutais qu'il ne fallait pas y croire. C'était juste un moyen d'éviter les questions, d'éviter d'expliquer mon rôle dans l'opération qui nous avait occupés. Mais les regards bienveillants, complices, m'ont laissé penser qu'ils étaient peut-être au courant. J'étais heureux de savoir Salif et Marie entourés. Et ému de découvrir que Fata Okoumi avait des petits-enfants; que d'une certaine manière quelque chose d'elle perdurerait.

Salif m'a entraîné à part. Nous avons marché le long de la baie vitrée. C'était un de ces typiques jours cafardeux qui suit Noël. Les couleurs, le monde, le banquet, tout semblait fait pour contrebalancer la tragédie.

«Le corps de ma mère va être rapatrié au Cameroun», a dit Salif.

Je lui poserai la question du lieu exact plus tard; je savais qu'un jour j'aurais besoin d'aller me recueillir sur sa tombe ou à l'endroit où seraient dispersées ses cendres.

Il m'a pris par l'épaule, « Vous nous avez été d'une grande aide. »

Il a levé la main. Un homme au bord de la scène s'est penché à l'oreille d'un des musiciens et l'orchestre s'est mis à jouer. Salif m'a laissé pour parler avec d'autres personnes.

Je me suis promené parmi la foule. C'était doux de participer à une célébration. Les rituels sont apaisants. C'est une invention des hommes pour se retrouver ensemble. Je ne connaissais personne, je ne comprenais pas la langue que parlaient ces gens et pourtant je me sentais à l'aise. Un peu partout, des drapeaux rouge, noir et vert étaient accrochés. Sur les tables, recouvertes de nattes et de paille, des chandeliers, des coupes ; et entre les différents plats de nourriture, des épis de maïs. Il y avait des livres à côté des plateaux de fruits. Les bougies dans les chandeliers étaient rouges, noires et vertes. Seules les noires étaient allumées.

Un homme s'est approché de moi. Il avait bien vu que je n'étais pas familier de ce qui se déroulait. Il m'a invité à goûter un des plats mais je n'avais pas faim.

Salif est revenu vers moi et m'a demandé, « Vous avez un peu de temps ? »

J'ai dit oui.

Nous avons quitté la salle, traversé le hall et sommes sortis. Il faisait froid et nous n'avions ni manteau ni écharpe. La voiture nous attendait. Le chauffeur a ouvert la portière arrière. Salif est entré. Le chauffeur a fait le tour et m'a ouvert l'autre portière.

J'étais soulagé et cela pour une très mauvaise raison : si Salif avait encore besoin de moi, cela voulait dire que j'allais de nouveau être accaparé. Ainsi, j'aurais une occupation qui justifierait de ne pas appeler Dana. C'était une bonne excuse à mes atermoiements. Je n'en étais pas fier.

La voiture a emprunté le boulevard en direction du nord-ouest. Il y avait peu de circulation. Le chauffage nous a rapidement réchauffés. Perdu dans ses pensées, Salif m'ignorait. Il avait mis ses lunettes de soleil. Je n'ai pas osé m'enquérir de notre destination.

Je suis frappé par la capacité que nous avons à faire bonne figure alors qu'un des êtres qui nous sont le plus cher vient de mourir. Nous arrivons encore à parler, à manger, à nous occuper. Nous sourions, nous rions parfois, et pourtant, à l'intérieur, nous sommes dévastés. Ceux qui nous observent peuvent penser que nous prenons bien les choses. Il est impossible de deviner l'état intime d'une personne en deuil en se fiant à son moi social.

Salif ne paraissait pas triste et je savais que ce n'était pas le cas. Si son désespoir n'était pas visible, en revanche l'énergie qui en découlait électrisait l'air autour de lui, comme le moindre de ses gestes et de ses expressions.

J'ai reconnu le quartier. Nous approchions de la gare

Saint-Lazare. J'ai compris où nous nous rendions. Nous nous sommes arrêtés rue de Rome et sommes descendus de voiture. Nous nous trouvions une cinquantaine de mètres avant l'immeuble détruit. Nous avons marché sans parler. Les passants nous croisaient, nous bousculaient un peu, certains téléphonaient, les voitures et les vélos défilaient. Nous étions entourés par la vie et avancions d'un pas lent et solennel. Les bâtiments se succédaient. Notre souffle se transformait en fumée au contact du froid. Le ciel était bleu et plein de minuscules taches lumineuses. Enfin, brisant la régularité de la matière, il n'y a plus eu que le vide sur notre droite. Des poutres de soutènement en fer avaient été ajoutées entre les deux bâtiments encadrant la béance. C'était toujours aussi impressionnant. Des dizaines de bouquets de fleurs étaient posés sur le bord.

Salif a enlevé ses lunettes de soleil et m'a dit, « Nous avons fait une cérémonie hier. La famille et les amis sont venus. »

Il s'est accroupi et a passé ses doigts sur la terre battue, brillante et noire. Il ne subsistait pas un morceau de ciment. Le sol retrouvait une nudité qu'il n'avait pas connue depuis une éternité. Nous sommes restés plusieurs minutes face au vide. J'ai pensé à Fata Okoumi. Ce vide était bien plus terrifiant qu'une tombe, car il donnait une épaisseur à la disparition. Une présence. Elle était devant nos yeux. Nous la ressentions physiquement comme l'on peut ressentir l'océan quand on navigue au large. Il y avait comme une égalité parfaite entre l'absence de Fata Okoumi et ce vide. C'était exactement ça. L'absence ne serait pas diluée, pas écrasée, pas dissoute dans la vie quotidienne. Elle serait toujours là, en plein cœur de Paris.

Salif a remis ses lunettes de soleil. Nous sommes remontés en voiture. Mais nous n'avons pas pris la direction de l'hôtel. Le chauffeur nous conduisait encore plus à l'ouest. J'ai vu le panneau indiquant la limite de Paris. J'aurais dû demander où nous allions, mais cela ne me semblait pas convenable après le moment de recueillement que nous venions de vivre. J'avais une vague appréhension. Nous roulions trop vite, nous allions trop loin. Dix minutes plus tard, nous étions dans un paysage de moyenne campagne. Salif s'est enfin décidé à parler.

«Cela ne peut pas finir comme ça», a-t-il dit.

Ce n'était pas une plainte. Il énonçait un fait. Il refusait que la mort de sa mère soit un point final. Il a continué.

«Vous vous rappelez ce que vous avez dit quand le bâtiment a été recouvert par la bâche.»

Je n'ai pas eu le temps de me le rappeler moi-même car Salif a aussitôt enchaîné.

«Vous avez dit que cela vous faisait penser au tour d'un magicien. Que cet immeuble avait disparu comme sous un foulard à un spectacle de magie. La bâche s'est affaissée, et il n'est rien resté. Vous vous en souvenez?»

Oui, je m'en souvenais.

Salif a poursuivi, « Je n'ai pas vu cela comme une destruction, mais comme une disparition qui porte la promesse d'une réapparition. »

Son interprétation m'a surpris par son évidence. Je n'avais pas songé à cet aspect des choses. La phrase de Fata Okoumi prenait un nouveau sens. Impossible de savoir si elle y avait pensé ou si elle en avait simplement eu l'intuition. Ce parallélisme entre la mort et la magie était troublant. Je crois que la mort est le sujet principal des spectacles de magie. C'est pour cela qu'ils m'émeuvent. Et il y a de la magie dans la mort.

J'ai dit, « Vous voulez le reconstruire. »

Le fin mot ne serait pas donné à l'absence, mais à la naissance de quelque chose. C'était un bel hommage.

La voiture a ralenti, elle a passé un poste de contrôle dont la barrière rouge et blanc était levée. Il y avait de hautes grilles surmontées de barbelés. Salif a posé les mains sur l'appui-tête devant lui. Puis il a dit, « Cet immeuble c'est Paris. Vous ne vous souvenez pas ? »

J'ai dit, « Vous n'imaginez tout de même pas reconstruire Paris ? »

Au moment où je prononçais cette phrase, j'ai compris que c'était exactement son intention. Il a fait ce geste de magicien, qui rappelait celui de sa mère la dernière fois que je l'avais vue : il a tiré un foulard invisible pour révéler la réapparition d'un objet. À cet instant précis, un avion s'est dessiné dans le pare-brise de la voiture.

Salif m'a demandé, « Que pensez-vous de l'Afrique ? »

La promenade prenait de l'ampleur.

La voiture s'est garée devant un grand hangar en tôle grise d'une quinzaine de mètres de hauteur. Nous nous trouvions sur le site d'un petit aéroport. Il y avait un bâtiment d'administration et d'accueil, et une modeste tour de contrôle. Sur les pistes se trouvaient un moyen porteur et cinq avions de tourisme. Le personnel au sol (c'est-à-dire cinq personnes) portait une combinaison orange. Le vent était vif et piquant. Des nuages floconneux traînaient dans le ciel bleu.

Nous sommes entrés dans le hangar. Des moteurs, des hélices et des outils traînaient un peu partout. Des odeurs de graisse et d'essence imprégnaient le lieu. À vue d'œil, il faisait environ cinquante mètres sur cent. Certes, j'étais surpris. Mais pas tant que cela. Je me retrouvais de nouveau au cœur de l'action. C'était comme reprendre une ligne de cocaïne.

Estimant que j'avais eu le temps de me faire à son annonce, Salif m'a fait part de son projet. Il n'avait pas l'intention de reconstruire Paris à l'identique. Non. Lui et sa sœur avaient en tête une ville nouvelle et moderne avec des hôpitaux, des universités et des laboratoires de recherche, des musées, des bibliothèques, des cinémas. Ce serait une terre de migration, on viendrait du monde entier pour y vivre.

« C'est la crise, a dit Salif. Même les gens comme vous (il a pointé son doigt sur la peau de ma main) seront les bienvenus. Nous ne sommes pas des philanthropes, a-t-il précisé, ce sont les commerces et les entreprises privées qui la feront vivre. Un aéroport est prévu à proximité, il y aura des lignes de métro et un stade. Les rêves peuvent être rentables. »

Salif s'est dirigé vers une table dressée au milieu du hangar.

J'avais un temps oublié que lui et sa sœur n'étaient pas des bons samaritains. Ils ne construiraient peut-être pas un nouveau Las Vegas, mais on serait loin de Shangri-la. Néanmoins je savais une chose : Salif et Marie n'étaient pas des exaltés. Ils savaient ce qu'ils faisaient. Après un deuil, certains sont pris d'une frénésie sexuelle, ils sont avides de contacts avec des corps vivants, avides de jouissance. J'assistais à une déclinaison de ce principe : une frénésie créatrice. L'idée de Salif et Marie était bien plus raisonnable que celle que j'avais eue quelques jours plus tôt. Ils avaient les moyens de construire une ville, ils avaient raison d'entreprendre cette aventure. Le monde est susceptible de changer si nous le voulons. Les roches sont des matières souples si on pense à l'échelle géologique. Les continents bougent, des montagnes naissent. Des villes sont construites chaque jour. Alors pourquoi pas ?

« Pourquoi pas » est la réponse que je préfère. Pas un « pourquoi pas » dubitatif, mais enjoué. Ce n'est pas un « oui » obéissant. Ce n'est pas un « peut-être » méfiant. Il y a quelque chose de vivant dans « pourquoi pas ».

J'en suis fermement persuadé : ce qui est réaliste, c'est ce que l'on a le désir de faire. C'est cela qui avait permis ma participation à cette histoire depuis ma première rencontre avec Fata Okoumi.

Salif a déplié la photo aérienne d'une prairie. Il n'y avait que de l'herbe et des bosquets d'arbres. Les arbres étaient minuscules, impossible d'identifier leur espèce, mais cela m'a donné une idée de l'échelle. C'était immense. Un fleuve passait au sud. Je me suis rappelé la question de Salif. Il m'avait demandé ce que je pensais de l'Afrique. Je n'en pensais rien. Ce continent est le réservoir de notre culpabilité, de notre mépris, de notre condescendance et de notre fascination. Mais cela n'a rien à voir avec le réel. L'Afrique, c'est des gens et de la terre. Je fais le pari que cela ressemble bien plus à l'Europe qu'on ne le dit. Si on n'avait pas désespérément besoin de trouver la différence et l'étrangeté chez l'autre dans le seul but de les ignorer chez nous, on verrait que l'Europe, l'Asie, l'Afrique, l'Amérique c'est exactement la même chose.

Tout le monde rêve de construire une ville. On se dit, moi je saurais comment m'y prendre, je ne répéterais pas les erreurs qui ont été faites dans le passé. Depuis que je travaille à l'Hôtel de Ville, j'en suis arrivé à ne plus avoir aucune certitude en matière d'urbanisme. Malgré toutes les atrocités des urbanistes et des architectes, je pense que la vie est possible dans n'importe quelle ville si on y met des moyens, s'il y a des cinémas, des musées, des jardins, du travail. S'en prendre aux architectes est plus facile que de poser les vrais problèmes.

J'ai passé mes doigts sur la photo aérienne. La fertilité de ce lieu sautait aux yeux. Le vert était flamboyant. J'ai eu pitié de l'herbe et des arbres, de la nature qui serait bientôt déchirée. Des bulldozers plongeraient leurs dents dans la terre noire et brillante. Salif m'a dit que le terrain avait été choisi dans une région au climat tempéré. Il ne m'a pas révélé le nom du pays. Il a parlé de camions à remorque, de pelleteuses, de chargeurs, de compacteurs à cylindre, de camions, de camionnettes, d'un brise-roche, de théodolites. Des militaires sécuriseraient le lieu. Puis il faudrait créer une force de police. Pas question que cela soit l'anarchie. Des cabinets d'architectes et d'urbanistes, des ingénieurs, des spécialistes de la potabilité de l'eau, des experts de toutes sortes avaient déjà été contactés. La machine se mettait en marche. Salif m'a assuré que des entreprises importantes et des mécènes se joindraient au projet. Non sans moquerie, je lui ai demandé s'il désirait créer une cité idéale.

Il a répondu, « Oui, c'est exactement ce que nous voulons

faire. Et bien sûr, ça ne sera pas aussi parfait que ce que nous avons en tête. Mais il faut viser l'idéal. Sinon à quoi bon ? Je ne vais pas passer plusieurs années à travailler sans relâche si ce n'est pas pour avoir la plus grande des ambitions. »

Un bruit de moteur nous a fait sortir du hangar. Des voitures arrivaient en file indienne. Il y en avait une dizaine. Marie est descendue la première. Elle est passée devant moi en m'adressant un sourire. Elle et son frère sont allés dans le hangar en discutant.

J'ai reconnu des personnes qui étaient à l'hôtel. C'étaient des hommes et des femmes de tous âges, ils étaient vêtus de costumes et de tailleurs, tenaient des attachés-cases et des sacoches d'ordinateurs portables. Ils ont sorti des valises du coffre des voitures et les ont mises au pied de la soute. Les chauffeurs et les employés de l'aéroport ont commencé à les charger. La porte de l'avion s'est ouverte, un escalier y a été fixé.

Un corbillard s'est arrêté près de l'avion. Tout le monde a cessé de s'activer ; et ceux qui portaient un bonnet l'ont retiré. Quatre hommes ont sorti le cercueil et, en passant par l'escalier, l'ont monté dans l'avion.

Las Vegas, à l'origine simple petit village, s'est développée grâce au gangster Bugsy Siegel. Brasilia est sortie du désert par la volonté d'un gouvernement et a été construite en mille jours. Le projet de Salif et Marie avait des précédents célèbres. Ils n'étaient pas des gangsters, ils ne dirigeaient pas un État, mais ils étaient à la tête d'un conglomérat industriel et financier. Il n'y avait aucun doute, ils possédaient un étonnant panel de soutiens politiques en Afrique et ailleurs. Leur projet bénéficierait aussi de l'attention et de la sympathie des humanistes occidentaux. Une métropole fondée suite à l'assassinat d'une femme noire par un policier, voilà qui serait enthousiasmant pour beaucoup de monde.

Au lendemain de la deuxième guerre mondiale, un groupe d'Allemands a créé une organisation appelée *Aktion Sühnezeichen Friedensdienste*, ce que l'on peut traduire en français par « actions expiatoires ». Il s'agissait d'aller partout en Europe et de reconstruire ce que leur armée avait détruit. Ils assumaient la responsabilité des ravages et des massacres du nazisme. Les morts ne pourraient être ramenés à la vie. Mais ils avaient la volonté de payer de leur personne, de donner de leur force, de leur temps et de leurs capacités pour rendre la vie meilleure dans ces pays dévastés. Peut-être que l'Afrique ne représente rien pour moi, mais il est certain que les pays riches ont beaucoup à se faire pardonner. Le projet de Salif et Marie avait du sens. Des volontaires viendraient, des peace corps, que sais-je, pour tenter de remédier aux dégâts du colonialisme et au pillage du continent. Et puis, plus pragmatiquement, construire une métropole moderne, où la vie serait possible pour les classes populaires et les classes moyennes, venait combler un manque. Le niveau de vie n'y serait pas aussi élevé que dans les grandes villes occidentales ; les travailleurs les plus modestes pourraient s'y établir et y réinventer une vie citadine.

Je connaissais beaucoup de gens talentueux et motivés qui périclitaient dans des emplois inférieurs à leurs compétences et qui vivaient dans des studios à peine décents. Au fil des années, j'avais rencontré des artistes kazakhs, des bricoleurs allemands, des scientifiques bengalis, qui étaient entassés dans des appartements misérables et vivotaient grâce à de petits boulots. Ils étaient intelligents, éduqués, cultivés, malins, pleins d'énergie. Il y en avait dans le monde entier, sur les cinq continents. Jamais le monde n'avait porté autant de gens doués. Avec eux, cette ville qui n'avait pas encore de nom avait toutes ses chances.

Quand Fata Okoumi avait dit qu'elle voulait faire disparaître Paris, elle avait pris acte d'une réalité qui se déroulait depuis des années. Le Paris de sa jeunesse avait disparu, le Paris de l'imaginaire collectif n'existait plus. Par son geste, elle avait dérobé un Paris agonisant, elle l'avait emporté avec elle dans la mort parce qu'elle l'aimait. Salif et Marie avaient raison de croire que l'Afrique était l'endroit parfait pour la réincarnation de Paris.

Soyons lucides : Paris a déserté Paris, comme Manhattan a quitté Manhattan et Londres les bords de la Tamise, pour s'installer ailleurs, en Asie, en Amérique latine, en Afrique. Ces continents verront naître de grandes villes un peu folles, accueillantes à l'égard des artisans, des employés, des ouvriers, des artistes sans le sou, des troupes d'un théâtre naissant, des peintres, des musiciens.

Tandis que sa sœur téléphonait, Salif s'est penché à mon oreille et m'a murmuré, « N'hésitez pas à faire des propositions. » Cela m'a amusé. J'ai demandé quel genre de proposition il attendait.

« Ce que vous voulez. Des avenues, des bâtiments publics, un parc. »

J'ai ri.

Il a ri aussi et il a dit qu'il était sérieux.

Je me suis penché sur la photo. Des traits avaient été

tirés et formaient un octogone. C'étaient les limites de la ville future. Ses contours. Le fleuve passait dans le tiers sud de la figure. La superficie était indiquée en bas à droite. C'était à peu de chose près celle de Paris. Mais il y avait encore de la place autour. La ville pourrait continuer à s'étendre.

Construire une nouvelle cité en Afrique, une ville moderne, ouverte au monde entier, était une aventure excitante. Il était tentant d'y participer, tentant de se laisser aller à ce « pourquoi pas ». Je pourrais apporter ma contribution à une réalisation qui entrerait dans l'histoire. C'était grisant : avoir la possibilité de jouer au petit dieu. Faire ce que je n'aurais pas pu faire à Paris. Appliquer mes idées. Mais cette histoire n'était pas la mienne. Je n'allais pas abandonner ma ville sous prétexte qu'elle se transformait en musée et en résidence pour la grande bourgeoisie. Je faisais sans doute partie de la dernière génération de la classe moyenne à avoir les moyens d'habiter Paris. Je resterais, je ne fuirais pas. Même si je n'en avais plus la même vision idéalisée, je n'oubliais pas ce qu'elle m'avait apporté. Malgré ses défauts, je l'aimais, j'étais attaché à sa beauté, à ses rues, à ses passages, aux promenades qu'elle permettait, aux gens qui y vivaient, et à ce qu'elle représentait toujours. J'ai pensé à mon appartement vide et à ma vie aussi déserte. C'est ce terrain qu'il me fallait construire et faire vivre.

Avec diplomatie, j'ai refusé.

Salif a insisté, « Venez avec nous. »

« Je dois rejoindre quelqu'un. »

« Une femme ? »

« Oui. »

Je ne laisserais pas des milliers de kilomètres, une mer, des fleuves, des lacs, des montagnes me séparer de Dana. Je me suis rappelé la dernière fois que nous nous étions retrouvés à l'hôtel. C'était il y a plus de trois semaines.

Salif m'a demandé comment elle s'appelait. J'ai répondu.

« Vous l'aimez ? »

J'ai dit oui. Et c'est à ce moment-là que je l'ai vraiment su. Ce n'était plus abstrait, ce n'était plus une pensée. J'avais dit que j'aimais Dana à quelqu'un.

Il a fait quelques pas. Puis il s'est retourné vers moi, « Vous pouvez venir avec elle. »

« N'allons pas trop vite. »

Je me voyais mal retrouver Dana et lui proposer de tout quitter pour construire une ville en Afrique.

« Restons en contact, alors », a-t-il dit.

Nous nous sommes serré la main, et Salif m'a tendu mon passeport. Je l'ai ouvert, par réflexe, pour vérifier. C'était bien le mien.

Salif a mis ses lunettes de soleil et s'est dirigé vers l'avion. Je suis monté dans la voiture. Le chauffeur s'est enquis de ma destination. Je ne savais pas, alors je lui ai dit de rouler en direction de Paris. Quand nous avons passé les grilles, les réacteurs de l'avion se sont mis en marche.

Je voulais voir Dana. Aimer est un choix. On fait comme si c'était une magie qui nous tombait dessus, une révélation religieuse. Mais non, c'est un choix. Dana était une fille extraordinaire, elle me plaisait, elle était intelligente, vivante et drôle. Je l'aimais. Elle me manquait, le monde était incomplet sans elle. On ne se verrait plus à l'hôtel. Je ne voulais plus en entendre parler. Notre nouveau premier rendez-vous serait différent.

Je regardais la campagne sèche de l'hiver. Le chauffeur ne conduisait pas vite et cela m'allait. Je lui ai demandé de mettre de la musique.

La plus grande découverte que l'on puisse faire est que l'on n'a jamais tout compris. La certitude est l'écueil de chaque âge. À vingt ans, on a sa manière d'avoir tout compris, à trente on en a une différente. À mon âge, à quarante ans, on a une manière particulièrement incontestable d'avoir tout compris à la vie, à l'amour, à la société : on a vécu, on a donc l'expérience qui confirme tout. Mais en vérité nous n'avons fait que nous diriger vers les expériences qui allaient justifier nos cynismes et nos désillusions futurs. Nous sommes toujours vierges. Nous mettrons toute une vie à approcher la compréhension de ce que nous sommes. Il n'y a pas de raccourci. On croit avoir de l'avance, mais ce n'est que le signe que l'on est figé comme une statue de cire. J'étais un peu moins myope qu'une semaine auparavant. Je n'avais pas tout compris et cela m'excitait d'apprendre encore et de continuer à grandir. De la même manière que nos os adolescents nous font mal quand ils tendent vers leur taille adulte, si nos pensées nous font mal parfois, c'est pour mieux avancer.

Mon visage dans le rétroviseur n'était plus aussi pâle, je reprenais des couleurs. Je me sentais bien. Il y avait des choses à faire et des combats à mener.

La voiture a traversé la place Denfert-Rochereau en direction de Saint-Michel. Je voulais que le chauffeur me dépose à l'angle de la place et du quai, côté Notre-Dame.

Cinq ans auparavant, pour mon trente-cinquième anniversaire, j'étais allé à Rome visiter la chapelle Sixtine (j'avais fait ce voyage sans conviction, parce qu'il me semblait que je devais marquer cette date et voir ce passage obligé de la culture universelle). J'avais fait la queue, supporté les touristes transpirants et braillants, puis je m'étais tordu le cou pour admirer la peinture de Michel-Ange, *La Création d'Adam*. J'en connaissais le sujet et la voir n'a absolument rien provoqué en moi. Une partie de la fresque représente Dieu s'apprêtant à toucher le premier homme pour lui donner l'étincelle de vie. Oui, intellectuellement, j'avais trouvé ça intéressant. Mais assez ennuyeux. J'avais continué ma visite. Aujourd'hui, ce moment me revenait en mémoire. Parfois on met des années à comprendre ce que l'on a vu, on a besoin d'une clé que l'on ne possède pas encore. Cette clé, c'était Fata Okoumi. J'ai compris que toute création procède de ce mouvement : la rencontre avec l'autre. Fata Okoumi avait été touchée avec violence, mais d'une certaine manière il y avait eu rencontre. La création qui se préparait en porterait la marque. Le béton, le ciment, les travaux colossaux détruiraient des espèces végétales et animales. La construction de cette ville ne se ferait pas avec douceur. Il y a une loi de conservation de la violence, et même si celle-ci était sublimée et transformée, on en trouverait toujours des traces.

J'avais connu exactement le contraire de cette violence : Dana m'avait touché, elle avait passé sa main sur ma peau. Nous nous étions rendus mutuellement vivants.

Il était impossible d'être certain de la réussite du projet de Salif et Marie. Le rêve serait trahi, en partie, ça ne faisait aucun doute. Salif et Marie le savaient. Toute ville nouvelle est faite de formes anciennes, de coercition, de police, de contrôle de la liberté, de stratification sociale. Il faudrait lutter avec ces éléments. Mais ce n'était pas grave. Ce rêve aurait existé et, pour cette raison, il ne mourrait jamais. Peut-être que personne ne viendrait habiter cette ville. Peut-être que les étudiants ne seraient pas séduits, peut-être que les musiciens, les chercheurs, les artisans, les industriels feraient la fine bouche. Et cette vaste étendue resterait un chantier pharaonique inachevé, inhabité, plein de routes et de bâtiments déserts. La forêt reprendrait ses droits et transformerait cette ébauche en cité disparue qui serait la quête d'explorateurs futurs.

Peut-être aussi que cela entraînerait quelque chose de neuf et d'inespéré.

Depuis la mort de Fata Okoumi, j'avais appris une chose : on ne peut pas laisser la disparition être vaine, il faut se battre pour créer un nouvel ordre, une nouvelle forme. Cela n'efface pas la violence, mais cela donne à voir une beauté inédite qui atténue un peu la douleur. À plusieurs reprises, j'avais imaginé le corps de Fata Okoumi reposant sur le lit d'hôpital, j'avais vu le médecin faire ce geste de magicien : tirer le drap entièrement sur elle. J'avais pensé que le tour de magie ne fonctionnerait pas cette fois-ci, que la disparition de Fata Okoumi ne serait pas suivie d'une réapparition. J'avais eu tort. Fata Okoumi était là, dans cette ville qui naissait, dans tout ce qu'elle avait transmis à ses enfants, au monde et, d'une manière que je n'imaginais pas (et que je ne comprenais pas encore tout à fait), à moi-même.

La voiture s'est arrêtée près du quai Saint-Michel. Je suis descendu. C'était ma ville. Je l'aimais parce qu'y habitait une femme que j'aimais et que je voulais apprendre à connaître. J'allais retrouver Dana.

J'ai sorti de ma poche mon téléphone et, en souriant, j'ai composé son numéro. J'avais peur ; mais la peur n'était plus quelque chose qui m'effrayait.

Postface

Nous sommes à la fin du mois de septembre. Je me trouve dans une résidence d'artistes, en Allemagne, et c'est alors que je m'apprête à faire mes bagages pour rentrer à Paris que j'écris ces lignes.

Durant ma jeunesse en banlieue, Paris était la ville que je désirais. Je n'en doutais pas : c'était là que les choses se passaient, où les gens vivaient dans une joyeuse effervescence intellectuelle, les lumières ne s'éteignaient pas, le silence jamais n'y imposait sa loi et tout y était beau. C'est une vision idyllique, romantique, bien sûr. J'y vis depuis dix ans maintenant, et si l'idéalisation n'est plus de mise, pourtant je reste fidèle à cette ville, car c'est une manière d'être fidèle à moi-même, et aux rêves que j'avais. J'ai d'abord habité Belleville (rue Jouye-Rouve en face du *Baratin*, un trésor de petit restaurant pour les connaisseurs), ensuite j'ai passé du temps, successivement, à Château-Rouge (entre un lavomatic et une épicerie africaine), dans le XXe (un petit studio au dernier étage d'un immeuble labyrinthique dans une rue d'agences d'intérim), à la Butte-aux-Cailles (au-dessus d'un café), pour enfin m'établir à nouveau à Château-Rouge.

Pour moi, Paris est un antidote, une sorte de pharmacopée (non dénuée d'effets secondaires je le reconnais : le stress, le prix de l'immobilier). C'est le rendez-vous de ceux qui luttent contre l'ennui, la solitude, l'angoisse, une sorte d'île où échouer quand on n'est pas bien là où l'on est, l'opportunité de recommencer quelque chose, une vie qui était mal partie. Mais c'est un médicament de moins en moins accessible : il sera bientôt réservé à une bourgeoisie pour laquelle Paris n'est pas un remède mais un décor. La gentrification est une destruction de ce qui fait d'une ville une ville, ses mélanges de population, ses échanges. On remplace les pauvres par de nouveaux habitants, plus riches, plus conventionnels. Cette destruction qui ne dit pas son nom a des airs de préludes à des temps plus graves.

Je me revois, lors d'une soirée avec les inadaptés magnifiques, rue du Faubourg-Saint-Martin (en face de la mairie du XXᵉ arrondissement), affirmer que quand on n'aura plus les moyens d'y vivre alors on reconstruira Paris ailleurs. Manière de dire : sans nous, cette ville n'a plus de sens. Le roman est venu de là, de cette tristesse, de cette colère et de la volonté de réagir. Ne jamais laisser la tristesse gagner. On ne va pas lui faire ce plaisir. Ainsi donc, dès le début, je savais qu'il faudrait trouver un moyen de reconstruire

Paris. L'Afrique m'a semblé le lieu idéal. C'est d'abord une question de sonorité, je trouvais que l'association de *disparition*, de *Paris* et d'*Afrique* sonnait bien. Cela tient aussi aux liens qui lient la France et l'Afrique à cause de la colonisation. Il me paraissait juste de donner Paris aux peuples que nos ancêtres ont massacrés et asservis. Comme une réparation.

C'est un livre politique, mais il ne s'agissait pas de tracer à gros traits des Français coupables et des Africains victimes. Alors Fata Okoumi est apparue. Personnage paradoxal, magnat amoral, dont l'histoire personnelle contient mêlée les tragédies des combats politiques et du capitalisme. On apprend qu'elle a lutté pour l'indépendance de son pays, mais parce qu'il n'y avait pas de place pour les femmes parmi les révolutionnaires arrivés au pouvoir, elle s'est tournée vers le monde des affaires. Il y a quelque chose de désespérant dans la constatation que les opprimés oppriment eux-mêmes et que les femmes, systématiquement, ont été les oubliées de tous les combats révolutionnaires et indépendantistes. (Simone de Beauvoir écrit dans *Tout compte fait* : « Fanon s'est bien trompé quand il prédisait que grâce au rôle qu'elles ont joué pendant la guerre les femmes algériennes échapperaient à l'oppression masculine. ») Fata Okoumi avait des raisons à sa transformation en déesse du capitalisme. De femme d'affaires atypique, elle devient une victime « peu pratique ». C'était une manière de continuer à chambouler les repères. Il n'y a pas de gentils, pas de méchants ici, seulement des êtres qui tentent de se débrouiller avec les effets de la collision de leur histoire et de l'histoire du monde.

Mon père est mort alors que j'écrivais ce livre. Une mort terrible dans un petit hôpital de la lointaine banlieue. Cela a marqué ce texte. Mon père c'était un peu l'anti-Fata Okoumi : un idéaliste qui est devenu une victime. J'ai permis à Fata Okoumi de ne pas être une opprimée parce que j'en avais assez du malheur et je concevais très bien un personnage qui trahissait ses idéaux de jeunesse si c'était pour survivre. J'y voyais une noblesse. J'aurais voulu que mon père soit rusé, lui aussi, ainsi il s'en serait sorti. Parfois on ne peut compter sur personne, le monde ne laisse pas le choix. Comme Fata Okoumi est liée à mon père, je ne pouvais pas non plus écarter la tragédie. Ainsi c'est le retour vers son passé (le quartier de Barbès où elle a habité quand elle était étudiante) qui fera d'elle une victime. Comme si renouer avec le passé c'était se mettre en danger, quelque chose que la société ne pardonne pas. Le policier qui la frappe est le même que celui de sa jeunesse politique, c'est son fantôme (comme le dit une de mes amies : le passé est une ancienne addiction, on ne s'en débarrasse pas, il faut vivre avec, sans le renier, au contraire en y étant fidèle, mais en se méfiant de son attraction). Néanmoins, les enfants de Fata Okoumi, eux, seront sauvés. C'est déjà ça.

Je me pose la question de l'évitement de la politique dans le roman aujourd'hui. Depuis les années quatre-vint, il y aurait tant de choses à dire : sur le renoncement des socialistes à une politique de gauche, sur la dictature des marchés, sur la corruption. Je ne parle pas de composer des livres de pure propagande (mais tout art est propagande, dit Orwell, il n'y a pas d'art qui ne soit politique et l'évitement de la politique, *c'est* de la politique). La politique, comme l'amour, il ne s'agit pas d'être pour ou contre, mais de traiter ça avec nos armes de romanciers, avec l'agressivité de notre autonomie partielle.

La plupart de mes livres ont Paris pour cadre. Ce n'est pas le Paris du tourisme ou du cinéma. C'est la ville où je vis, avec mes amis. Une ville de discussions et de débrouille, de petits apparts et d'amitié, de romantisme et de confrontation à la dureté du quotidien. À vrai dire Paris je n'en ai rien à faire. L'action aurait pu se passer à Berlin, Lisbonne, Séoul, Montréal, Rio de Janeiro, Manhattan. D'ailleurs c'est, d'une certaine façon, le cas : j'enrichis Paris des villes que je découvre, et de leurs habitants. C'est un nid que je construis et nourris sans cesse. J'y ai mis la Bretagne familiale aussi et des morceaux de campagne, tel village du Gers, tel manoir du Morvan. Paris est mon terrain de jeux, la carte où mes personnages vivent leurs aventures. Non seulement le lieu de la fiction, mais surtout un lieu de fiction.

Certains lecteurs et critiques ont rapproché le maire de mon roman de l'actuel maire de Paris. Cela me laisse songeur. Il a peut-être des traits de Delanoë, mais cela veut juste dire que Delanoë a des traits d'un maire archétypal. Si la fiction ressemble à la réalité c'est que la réalité est pleine de fictions. Évidemment j'ai eu droit aux remarques opposées : ce portrait de maire était trop angélique ou trop critique.

Ce livre raconte la renaissance possible de Paris, ainsi que celle d'un homme qui avait cessé de vivre, et qui à quarante ans se décide enfin à aimer, à changer. Mathias découvre qu'il doit cesser d'être amoureux de Paris (et s'en débarrasser) s'il veut aimer une femme. C'est parce qu'il change le monde qu'il va se changer lui-même. M'intéressait aussi cette amitié imprévue entre Mathias et Fata Okoumi, puis ses enfants. Une amitié avec quelqu'un qu'on n'est pas censé aimer, un ennemi politique (quand on se sent si loin de ceux dont on est censé partager les idées, et dont l'hypocrisie nous insupporte). Surtout je voulais raconter l'histoire d'un homme qui ferait quelque chose d'extra-ordinaire pour rendre hommage à quelqu'un qui vient de mourir, quelque chose de presque aussi extraordinaire que la mort elle-même. Quiconque a connu la mort d'un proche connaît cette atrocité : le monde continue, comme si de rien n'était. Je voulais marquer le réel et faire en sorte que, pour une fois, la mort laisse une trace visible par tous.

Détruire un immeuble me paraissait un bon moyen. Mais ça ne suffisait pas. Je ne pouvais m'arrêter à une destruction. Il fallait une création. Pour reprendre le sous-titre d'un livre de biologie (*La Sculpture du vivant*, de Jean-Claude Ameisen), je fais le pari de la mort créatrice. C'est une position éthique (et esthétique) qui serait : on n'a pas le droit de laisser la mort (ou le malheur) avoir le dernier mot. Je ne partage pas le point de vue d'Umberto Eco pour qui « la culture populaire console tandis que la haute culture nous trouble ». L'art a la capacité de troubler et de consoler à la fois. Les opposer est un non-sens et une amputation. Les œuvres que j'aime sont celles qui réussissent à conjuguer les contraires. Tous les moyens sont bons pour conduire ces *attacks on reality* dont parle Norman Mailer dans *The Spooky Art*. (« La réalité semble avoir le subtil désir de se protéger. Si nous l'attaquons toujours du même côté, la réalité devient capable de nous manipuler ou de nous échapper à la manière dont les bactéries deviennent résistantes aux antibiotiques. ») Mes livres reposent sur ce principe : une tragédie qui ne se laisse pas faire par la tragédie. Dans ce combat, l'imagination est une arme. C'est une manière d'appréhender le monde, d'avoir prise sur lui, de le travailler. C'est aussi une morale : à la fois résistance et riposte, une manière de se sauver et de vivre. L'imagination ressemble à la maladie. Elle se développe dès que la première graine du roman est plantée. L'écriture est une propagation épidémique. La différence étant que l'imagination est une maladie positive. Plus que tout autre de mes livres, celui-ci est une défense de l'imagination comme éthique. C'est l'imagination qui permet de voir le réel ; alors que le réalisme est une myopie. Je partage ce que disait Karl Kraus : l'imagination est le moyen de résister à la bêtise et à la cécité organisée – les pires horreurs on les imagine avant qu'elles n'arrivent.

Mathias n'est pas un « écrivain » par hasard. J'étais, en tant que romancier, confronté à la même gageure que lui : trouver un moyen de faire disparaître Paris et inventer une renaissance (ou plutôt deux : celle d'une ville et celle d'un homme). C'est pour moi l'occasion de m'interroger : comment fait-on pour créer, et pourquoi le fait-on, d'où vient ce désir ? Ce roman est un livre sur l'écriture, sur les ruses et la passion que l'on doit mettre en œuvre pour rendre vivante une idée dramatique. Et sur les choses que cela change en soi. La création a pour conséquence un changement intérieur. Chacun de mes livres marque une étape dans ma vie ; c'est la résolution d'un problème. Mes personnages m'enseignent. Je suis leur élève. La création est d'abord une création réciproque : ce que je crée me crée. Ainsi après avoir écrit ce roman, j'ai imité Mathias et j'ai commencé à apprendre à jouer de la trompette, j'ai pris de la distance vis-à-vis de Paris et j'imagine vivre ailleurs, je me suis mieux traité aussi. Toute écriture est écriture de soi.

Cela fait maintenant dix ans que mon premier roman a été publié, et plus j'avance, et plus je constate que création et maladie sont liées. Si souvent un artiste est malade ou hypocondriaque, c'est qu'il a un corps hyperesthésique (exagération pathologique de l'acuité visuelle et de la sensibilité des différents sens – je reprends la définition Wikipédia) : il devine la maladie qui se cache, il sait les troubles qui n'inquiètent personne. Nietzsche parlait du corps comme d'un médium des forces supérieures, et c'est ainsi que l'artiste ressent le monde : la mort rôde, les violences sociales sont constantes, et si les maladies ne sont pas pour lui, elles sont pour d'autres. Le corps est notre boule de cristal. Ce n'est pas pour rien si les changements de Mathias sont aussi physiques, et concernent son souffle, son corps, ses vêtements.

Un de mes modèles est le film de Werner Herzog, *Fitzcarraldo* : l'histoire d'un homme qui veut faire passer un bateau sur une montagne. J'aime rendre réaliste une idée folle, et en tirer du sens. On écrit pour se surprendre soi-même. Une idée m'excite, j'en tombe amoureux et je sais que je veux passer des mois avec elle, pour la développer, la connaître, lui donner la place qu'elle mérite. Comme dans tous mes romans, je parle de fantômes, et de la magie, la mère de tous les arts. Dans l'écriture je recherche toujours cette émotion de magicien : faire apparaître quelque chose qui n'existait pas ; et comme Houdini : me délivrer de mes chaînes.

Ce roman a eu un prix. C'est mon premier. Quand il est donné par un jury non professionnel (de lycéens ici), un prix est affaire d'un bienveillant hasard et de la volonté de quelques jurés convaincants. Il y a eu la cérémonie et différentes mondanités, séances de photo et débats. Le soir, j'ai proposé aux jurés de nous retrouver dans un café de Saint-Malo. Ce fut une belle soirée, à l'abri, à parler et à boire, comme si nous nous étions échappés.

Je ne sais pas encore combien de temps il va être possible de vivre à Paris pour les plus modestes d'entre nous. Si ce n'est plus possible, alors nous irons ailleurs. Et, je vous préviens : nous emporterons Paris avec nous.

Je suis d'accord avec Michael Chabon quand, dans *Maps and Legends*, il écrit : « Les empires se construisent en jetant les bases de leur propre destruction. » Mais je partage aussi ce que disait Buenaventura Durruti peu avant de mourir : « Nous n'avons pas peur des ruines. Nous sommes capables de bâtir aussi. »

le 28 septembre 2010
Akademie Schloss Solitude

REMERCIEMENTS

Merci à Laurent Depussay, Manon Jollivet, Stéphane Heuet, Nessim Djaziri, Lionel Bordeaux.

Merci à mon frère, à ma mère, à ma famille, merci à mes amis (les *inadaptés magnifiques* et les auteurs) d'être là.

La composition d'un roman est à la fois le plus solitaire exercice qui soit et le moins solitaire : tout un monde est convoqué. Ainsi des écrivains m'ont accompagné durant ces trois saisons de prises de notes, de rédaction et de relecture, je pense en particulier à Adam Phillips, Jean-Claude Ameisen, Primo Levi, Pierre Hadot, Roberto Saviano et Daniel Arasse.

Une pensée pour mon grand-père, Jean Page, qui fut un policier humaniste et qui n'a pas renoncé à sa conscience et à ses principes sous prétexte de faire respecter la loi.

Une pensée aussi en direction de John Lennon, le chanteur préféré de mon père, dont je cite le titre d'une chanson, *Woman is the nigger of the world*.

Enfin ces mois d'écriture ont été heureusement agrémentés par les œuvres produites par la chaîne américaine HBO.

DU MÊME AUTEUR

Comment je suis devenu stupide
Le Dilettante, 2001
et « J'ai lu », n° 6322

Une parfaite journée parfaite
Éditions Mutine, 2002
et « Points », n° P2303

La Libellule de ses huit ans
Le Dilettante, 2003
et « J'ai lu », n° 7300

On s'habitue aux fins du monde
Le Dilettante, 2005
et « J'ai lu », n° 8266

De la pluie
Éditions Ramsay, « Petits Traités », 2007

Peut-être une histoire d'amour
Éditions de l'Olivier, 2008
et « Points », n° P2211

Collection irraisonnée de préfaces
à des livres fétiches
(collectif)
Éditions Intervalles, 2009

La Mauvaise Habitude d'être soi
(avec Quentin Faucompré)
Éditions de l'Olivier, 2010

Livres pour la jeunesse

Le Garçon de toutes les couleurs
L'École des loisirs, 2007

Juke-box
(collectif)
L'École des loisirs, 2007

Je suis un tremblement de terre
L'École des loisirs, 2009

Conversation avec un gâteau au chocolat
(avec Aude Picault)
L'École des loisirs, 2009

Traité sur les miroirs
pour faire apparaître les dragons
L'École des loisirs, 2009

Le Club des inadaptés
L'École des loisirs, 2010

La Bataille contre mon lit
(avec Sandrine Bonini)
Éditions du Baron perché, 2011

RÉALISATION : PAO ÉDITIONS DU SEUIL
IMPRESSION : CPI BUSSIÈRE À SAINT-AMAND (CHER)
DÉPÔT LÉGAL : JANVIER 2011. Nº 104005 (101606).